「潜在意識」を変えれば、すべてうまくいく

アレクサンダー・ロイド博士［著］
桜田直美［訳］

THE LOVE CODE

Unlock the Secret to Achieving Success in Life,
Love, and Happiness

Alexander Loyd, Ph.D., N.D.

THE LOVE CODE
Unlock the Secret to Achieving Success in Life, Love, and Happiness

by Alexander Loyd, Ph.D., N.D.

This translation published by arrangement with Harmony Books,
an imprint of the Crown Publishing Group,
a division of Random House LLC, a Penguin Random House Company, New York,
through Japan UNI Agency, Inc., Tokyo

ホープへ！

人生で美しいものはあなたを通して花開く。この本に書かれたことも、そんな美しいものの一つだ。あんなに大きな痛みと悲しみとともに始まったものが、私の人生を「叶えられた希望」に変え、さらにその先へと導いてくれた。この本が誰かのためになるとしたら、それはあなたなしには考えられなかった。私を見捨てないでくれてどうもありがとう。フルタイムの仕事並みに大変なことであるのはよくわかっている。
愛しているよ！

謝辞

キャスリーン・ハガティに特別な感謝を。彼女のおかげで、私の頭と心の中にあったものをこうやってページの上に移し、すばらしい本を作ることができた！　アマンダ・ルーカーは、まるでまとまりのない草稿を意味のある文章に変えてくれた――彼女がいなかったらとても本にならなかっただろう。ハリー、ホープ、ジョージ、わざわざ空いている時間を割いてメモや書き物をしてくれてどうもありがとう。その間ずっと私を愛してくれたことにも感謝している。エージェントのボニー・ソロー――私に言えるのは、この本はあなたによって救われたということだけだ。ボニーに永遠の感謝を。あなたは最高だ！　ダイアナ・バローニとランダムハウスのチーム――すばらしい仕事をどうもありがとう。温かく、活気にあふれ、思いやりに満ちた「わが家」を与えてくれたことにも感謝している。そして神様、私に書くものを与えてくださったことに感謝します――私はあなたのものです！

はじめに　意志の力を使った自己啓発は失敗する

これは、超越した人生を生きるための本だ。

意志の力を超える。
普通を超える。
恐怖を超える。
自分を取り巻く環境を超える。
希望と夢を超える。

私は子供のころから、超越した人生を生きるのは可能だとずっと信じていた。でも実際にそれを行う方法が見つかったのは、大切なものをすべて失ってからだった。

この本で紹介している原則は、たしかに昔からあるかもしれない。この本の新しさは、最先端の科学でその原則の正しさを証明しているところにある。それに、ステップごとのわかりやすい方法で説明しているので、あなたは今すぐにでも超越した人生を生きられるようになるだろう。

私がこの原則を発見し、磨き上げるまでに、25年の歳月がかかった。そうやって形になった原則を、これからみなさんにもお届けしたいと思っている。私はこの原則を、「知っている人はほとんどいない、世界でもっとも偉大な原則」と呼んでいる。

先に進む前に、ここであなたに質問したいことがある。あなたのいちばん大きな問題、またはまだ眠っている可能性は何だろう？　あなたは何を探しているのだろう？　あなたの人生で、今すぐにでもどうにかしなければならない問題、魔法の杖があれば真っ先に使いたい問題は何だろう？

この先を読む前に、人生で解決したいことを少なくとも一つは頭に思い浮かべてもらいたい。今までさまざまな方法を試してきたけれど、それでも解決できなかった問題だ。今の状態が完全な失敗でも、平凡な状態で足踏みしているにしても、とにかく現状を脱して、大きな成功に変えなければいけない何かだ。

この「偉大なる原則」は、あなたにとっての魔法の杖になる。あなたはきっと、「ずいぶんと大げさなことを言うのだな」と思っているだろう。でも、私がそう断言できるのは、実際にこの目で目撃してきたからだ。この25年の間、私のクライアントたちは、ほぼ100パーセントの確率でこの原則を使って夢を叶えてきた。この本で紹介している方法は、人生のどんな問題にも応用することができる。きっとあなたの目の前で、芋虫が蝶に変身するだろう。

あなたは今、「前にも聞いた話だな」と考えているに違いない。「ああ、また例の魔法の杖か。こうやって本を買わせるだけで、結局は何も変わらないんだ」

あなたの気持ちはよくわかる。私も以前はそう思っていたからだ。ここで、成功法則や自己啓発プログラムのある秘密を教えよう――その秘密とは、97パーセントの確率で失敗するということだ。

自己啓発プログラムは97パーセントの確率で失敗する

成功法則や自己啓発プログラムの大部分は失敗する――たいていの人は、どこかで読んだか、または自分で経験して、この秘密を知っているだろう。だって、もしうまくいったのなら、毎年のように新しい方法を探したりはしないはずだ。そしてこの「業界」（アメリカだけで年間１００億ドルも売り上げる（注１））も干上がってしまうに違いない。本当に誰でも成功できるような法則があったら、みんな幸せで、健康で、充実した人生を送っているからだ。

たとえば、ノンフィクションの本でいちばん売れている分野の一つは「ダイエット」だ。

それでは、今年ダイエットの本を買ったのはどんな人たちだろう？　答えは、去年もダイエット本を買った人たちだ。理由はもちろん、去年の本では成功しなかったから！　しかし、ここでのいちばんの問題は、たいていの自己啓発プログラムは役に立たないということを、業界内部の人間はすでに知っているということだ。

この業界の内部の人間によると、成功法則や自己啓発プログラムは、だいたい97パーセントの確率で失敗する――いや、読み間違いではない。たしかに97パーセントだ。本でも、セミナーでも、ワークショップでも、この確率は変わらない。友人で同僚のケン・ジョンストンは、北米最大の能力開発セミナーの会社を経営しているのだが、業界人が必死で隠そうとしている事実を、何年も前からセミナーで公言してきた。事実とはつまり、自己啓発の成功率はわずか3パーセントだということだ。その成功した3パーセントから証言を集め、誰でも成功できるかのように宣伝しているというわけだ。

もっと面白いのは、自己啓発プログラムの大部分は、基本的な構造がほぼ同じだということだ。

①　欲しいものに意識を集中する
②　それを手に入れるための計画を立てる
③　計画を行動に移す

これだけだ。どの本を選んでも、どのプログラムでも、どの医者でも、どのメンターでも、言っていることはだいたい同じ。この基本構造に、それぞれが自分なりの味つけをしただけだ。実際のところ、この教えのルーツをたどれば、1937年に出版されたナポレオン・ヒルの『思考は現実化する』（きこ書房）にたどり着く。それから現在にいたる65年ほどの間に、この本の焼き直しがたくさん登場してきた――望んでいる結果に意識を集中し、計画を立て、そして強い意志の力で計画を実行に移す。

たしかに理にかなった法則だと思うだろう。そう思うのも当然だ。だって、生まれたときからずっとそう聞かされてきたのだから。しかし、ハーバード大学とスタンフォード大学が行った最近の調査によると（この調査については第1章で詳しく見ていく）、この方法はただ効果がないだけでなく、むしろ97パーセントの人にとっては失敗の方程式になってしまう。

それはなぜか？　典型的な「欲しいものを決める、計画を立てる、計画を実行に移す」という三つのステップは、二つの前提の上に成り立っている。一つは外側の結果を期待することであり（ステップ1と2）、もう一つは、それを達成するのに意志の力を使うことだ（ステップ3）。

第1章で詳しく見ていくが、人は何かを期待すると、結果がはっきりするまでは慢性的なストレスを抱えるようになる。そして医学の研究でもはっきりと証明されているように、ストレスは万病の元だ。それに加えて、間違いなく失敗の原因にもなる。ストレスだけでなく、意志の力に頼るのも（ステップ3）、ほぼ確実に失敗につながる。なぜなら、意志の力は顕在意識の力に頼っているからだ。

人間の潜在意識と無意識は、顕在意識の100万倍は大きな力を持っている。つまり、潜在意識と無意識のチームが、顕在意識が司る意志の力と直接対決するようなことになったら、何回やっても顕在意識の負けになるということだ。それに加えて、潜在意識がブロックしているある結果を、意志の力を使って「ムリヤリ」引き起こそうとすると、ストレスが急激に大きくなる。ここでもまた、人生のあらゆる問題の引き金になっているストレスを活性化させてしまうのだ。

つまり簡単に言うと、『思考は現実化する』が出版されてからこの65年間で、自己啓発プログラムの失敗率が97パーセントにもなっているのは、失敗が約束されているプログラムを行っているからなのだ。**長い目で見て幸せも成功も手に入らないだけでなく、むしろ何もしない状態よりも悪い結果になってしまう。**

私の場合は、別に数字を出して証明してもらわなくても、意志の力が頼りにならないことはよくわかっている。実際に自分で経験してきたからだ。

今から25年ほど前のこと、私はティーンエイジャーとその家族を対象にしたカウンセラーをしていた。私の仕事は、子供たちが道を踏み外さず、人生で成功する手助けをすることだ。私もあのおなじみの三つのステップを教わっていたので、人生のあらゆる側面で活用していた。それなのに、カウンセリングの仕事では失敗続きだった。それだけでなく、金銭面でも失敗続きで、実際に破産してしまったほどだ。

表向きは幸せそうにしていたけれど、内面は惨めそのものだった。私は何年もの間、人の成功を手助けする方法（なかでも自分が成功する方法）を探し続けた。宗教に救いを求めたり、自己啓発、心理学、医学に頼ったりした。尊敬する人たちにアドバイスを求めたりもした。それなのに、どれもうまくいかなかった。そして私は、もちろん自分を責めた。教えのほうが間違っているとは考えもしなかった。「まだまだやり方が足りないか、またはやり方が間違っているんだ！」――そう自分に言い聞かせた。

ついに私は、すべてを投げ出したくなった。もうこんなふうに生きていくのはムリだと思ったからだ。当時の私は、「なぜこんなにもあっという間に、すべてがダメになってしまったのだろう」と考えていた。まだ20代だというのに、まるで人生のすべての分野で失敗したように感じていた。しかし実際は、まだ失敗する分野が残っていたようだ。

１９８８年、ある嵐の日曜の夜のことだった。結婚して3年目になる妻のホープが、

「話があるの」と言ってきた。これはかなりまずいことになる――私はとっさにそう直感した。

彼女は私の目を見ることができなかった。それでも、なんとか平静を保とうとしているのは伝わってきた。「アレックス、もう出て行って。これ以上あなたとは一緒に暮らせない」

私はイタリア人の家庭のような環境で育った。つまり、思ったことを何でも口に出すような環境だ。それでも、この人生でいちばん重要な瞬間で、私は一言も発することができなかった。ただ、「わかった」という言葉を絞り出しただけだった。

そして、私は小さなバッグに必要なものを詰めると、何も言わずに家をあとにした。両親の家に戻ると、裏庭で一夜を明かした。ずっと祈り、答えを求め、泣いていた。まるで心が死んでしまったように感じていた。

当時は気づいていなかったが、あれは私の人生で最高の出来事だった。家を出てからの6週間で、人生でもっとも前向きな転機が訪れたのだ。私は一種の「スピリチュアルの学校」のようなものに入学し、すべての問題を解決するカギを手に入れた。

頭の中で声が聞こえた。あれは神の声だったと信じている。その声は、私が聞きたくないことを言ってきた――私を嫌な気分にさせることだ。そして声は三つの質問をした。私という人間の根幹を揺るがすような質問だった。

それからの6週間で、私は自分を一から作り直すことになった——まったく新しく生まれ変わったのだ。その三つの質問が、「偉大なる原則の成功の地図」の最初の部分になる(第7章で詳しく見ていく)。私は一瞬のうちに、この原則を完全に理解することができた。でも、誰もが使えるような形にするまでには、それから25年の歳月がかかることになる。

6週間の別居生活を経て、ホープは私とまたデートすることにしぶしぶと応じてくれた。あとから聞いた話では、別居してから初めて会ったとき、私の目を見て、私が生まれ変わったことがわかったという。彼女は正しかった。外見はまったく変わっていないが、内面はまったく違う人間になっていたからだ。

その後も、お金の問題や、ホープの健康問題（注2）などもたしかにあったが、二人の人生でいちばん大切なことはずっと守ることができた。この「偉大なる原則」によって、私は完全に生まれ変わったのだ。そしてホープもまた、変わろうとしていた。

あの日から私は、この原則をあらゆる人に教えるようになった。当時カウンセリングを担当していた10代の子供と、その親たちにも教えた。何が問題で、何が必要かということについては、彼らなりにそれぞれの考えがあったが、彼らが本当に必要としていたのはこの「偉大なる原則」だ。その原則を、簡単に説明しよう。

あなたが成功しない理由は、内面の「恐れ」にある

ほぼすべての問題、または幸せや成功が達成できない状態は、内面の恐怖が原因になっている——身体的な問題でさえそうだ。そして、すべての内面の恐怖は、その問題に関して愛が不足していることが原因だ。

この恐怖は、「ストレス反応」とも呼ばれている。もし恐怖が問題なら、恐怖の反対である「愛」が解毒剤になるはずだ。真実の愛の前では、恐怖は存在できなくなる（ただし、命の危険があるような緊急事態は例外だ）。

これは理にかなった考え方だ。現にここ数年で、科学的な研究によってこの説が裏づけられてきている（この件については本書を通じて詳しく見ていこう）。世の中のすべてのものは、成功や外側の状況さえも、自分の内面が恐怖の状態にあるか、それとも愛の状態にあるかで決まっている。

あの夜、両親の家の裏庭で、私を根本から変える何かが起こった。それから6週間の出来事を、私は「生まれ変わる啓示」と呼んでいる。あのとき私は、別に「愛そう」と「決意」したわけではないし、それを意志の力で実行したわけでもない。一瞬のうちに何かが

起こり、恐怖が愛に置き換わった。不安が消え、心に平安が訪れた。そして、以前だったらどんなに頑張ってもできなかったことが、自然にできるようになった。

人間の脳がコンピューターのハードディスクだとするなら、あれはまるで、愛と恐怖についてのプログラムが一瞬にして書き換わったかのようだった。

正直に言うと、この「生まれ変わる啓示」は一種のビジョンのようなもので、私はその一瞬で、愛の真実の姿をこの目で見ることができた。ちなみにアインシュタインも、あの有名な $E=mc^2$（特殊相対性理論）という方程式は、このビジョンのおかげでひらめいたという。アインシュタインは、その一瞬ですべての真実を理解した――しかし、それを証明する公式を導き出すまでには、さらに12年の歳月が必要だった。

私の発見した原則を人に教えるには、実用的なツールと、具体的な説明が必要だ。そしてクライアントと話していく中で、私はついにそのツールを発見した。この「三つのツール」を使えば（三つのツールについては第4章で詳しく見ていく）、潜在意識に直接働きかけ、恐怖のプログラムを削除して、愛の状態を初期設定にすることができる。

幸せと成功を実現する三つのツール

この本では、この三つのツールを使って、人生のすべての分野で幸せと成功を実現する方法を教えていく。しかも、ごく自然に実現できるのだ。意志の力はまったく必要ない。

私はカウンセリングで修士号を取得すると、免許もないうちから自分のクリニックを開いた――まだ心理学者の監督が必要な段階だ。そのとき私は、同業者たちに散々からかわれることになる「失敗」をしてしまった。50分で120ドルという、心理学の博士号を持っている人しかもらえないような料金を設定したのだ（しかも、20年以上も前でこの値段だ）。カウンセリングの修士ぐらいでは、こんな値段を要求できるわけがない！

でも私は経験からわかっていた――私なら、1回から10回のセッションを行い、半年ほどかければ、クライアントの問題を完全に解決することができる。一方でたいていの心理学者は、週に1回の診察を行い、それを1年から3年も続けている（もしかしたらあなたも、そんな心理学者にかかっているところかもしれない）。

それに、心理学者の一般的な治療は、問題に対処する方法を教えるだけで、問題そのものはおそらく一生残ることになる。しかし私が治療を行えば、たいていは問題を根本からなくすことができた。私はただ、この本に書かれているのと同じことを、クライアントに教えただけだ。

この常識では考えられないやり方でカウンセリングを始めると、あっという間に半年先まで予約でいっぱいになった。同業者たちからもひっきりなしに訪問や電話を受け、あからさまに嫌味を言われたり、または猫なで声でランチに誘われ、探りを入れられたりした。なぜなら、彼らのクライアントがこぞって私のところに移ってきていたからだ。

この「偉大なる原則」は、私の人生だけでなく、多くのクライアントたちの人生も変えた。あなたの人生も変わると信じている。

97パーセントの成功率

「偉大なる原則」は、古代からある神秘の法則とほぼ同じというだけでなく、最先端の医学や科学でも証明されている。それに、意志の力では解決できない問題も解決してくれる。第1章や第4章でも詳しく見ていくが、さまざまな調査や研究によると、自己啓発でよくある「三つのステップ」を使う方法は、脳に間違った働きをさせ、かえって問題を生んでしまう。問題の例をあげよう。

〈問題〉

・頭が働かなくなる
・エネルギーがなくなる
・痛みが増す
・細胞が閉じる
・恐怖、怒り、抑うつ、混乱、恥、自分が無価値に感じるなど、マイナスの感情が生まれる
・病気になる
・免疫力が低下する
・血圧が上がる
・人間関係が壊れる
・たとえ表向きは幸せな顔をしていても、ネガティブな態度から生まれる行動をすべてしてしまう

「偉大なる原則」は、例にあげたような問題を生み出すメカニズムをシャットアウトできる。しかもそれだけでなく、プラスの効果がある別のメカニズムを活性化させる力があるのだ。プラスの効果の例をあげよう。

それでは、このようなことはどういう仕組みになっているのだろうか?

最初のきっかけはストレス反応で、ストレス反応は私たちの中にある「恐怖」から生まれる。脳はストレスを感じると「コルチゾール」と呼ばれるホルモンを分泌し、〈問題〉のほうであげたようなさまざまな現象が引き起こされる。

〈プラスの効果〉
・人間関係が向上する
・愛、喜び、心の平安が生まれる
・ストレス軽減
・依存症や禁断症状を中和する
・人を信頼し、正しい判断ができるようになる
・治癒が進む
・ストレスのないエネルギーが湧いてくる
・細胞の働きが活発になり、癒やしと再生が促進される（注3）
・親子の絆が深まる
・免疫力が高まる
・血圧が下がる
・ヒト成長ホルモンが活性化される
・食欲、消化、代謝のメカニズムが正常になる
・リラックスできる
・頭の働きが活発になる

対して〈プラスの効果〉のメカニズムは、内なる恐怖が存在しない状態から生まれる。そこにあるのは、恐怖ではなく「愛」だ。自分の中に愛があると、愛のホルモンとも呼ばれる「オキシトシン」が分泌され、心身のバランスが整えられていい結果につながる。

この説の根拠となる医学的な研究を少しだけ紹介しよう。ハーバード大学では「グラント・スタディ」と呼ばれる有名な研究が行われている。これは人間の発達についての研究で、この種の研究では世界でもっとも長期間にわたっている。1938年に始まり、対象は268人の男子大学院生だった。彼らの人生を追跡調査することで、人の幸せと成功を決める要素を突き止めることが狙いだ。

30年以上にわたって研究を主導してきたジョージ・ヴィアラントはこう言っている。「このグラント・スタディには、これまでに75年の歳月と、2000万ドルのお金が費やされた。その結果わかったことは、実にシンプルだった。**すべては『幸せとは愛だ』という言葉に集約できる**」(注4)

つまり、**人生の失敗も成功も、すべて態度や心の状態で決まる**ということだ。心の中に恐怖があるか、それとも愛があるかで決まっている。心の中に恐怖があってストレス反応が起こっている人は(私の経験から言えば、大部分の人がそうだ)、幸せも成功も手に入らないだろう。

対して**心の中に愛がある人は、人生の成功が約束されている**。しかもそれは、人よりも努力したからではない。ただ単に、**成功するように「プログラムされている」**だけだ。

友人で医師のベン・ジョンソンによると、この愛のメカニズムを発動させる薬が発明されれば、史上最大のベストセラーになるとのことだ。これはただの万能薬ではない。「いつでもどこでも100パーセント幸せで健康になれる薬」だ！　こんな薬の処方箋を書いてもらえたら、嬉しくないだろうか？

実はこの本こそが、その処方箋だ。

本物の科学と本物のスピリチュアルを融合する

ホープに家を追い出されたとき、私は気がついた――私はホープを本当の意味では愛していなかった。しかもそれだけでなく、愛の本当の意味も知らなかった。そもそも私の周囲で、本当の愛を知っている人は誰もいなかったのだ。

つまり、私は妻を愛していると思っていたが、それは親密な関係をベースにした本物の愛ではなかった。交渉と取引をベースにした、きわめてビジネスライクな愛だった。交渉と取引は、私のセイフティネットだった。もしこれをしてくれたら、あれをしてあげる。でも、もし、してくれないなら……。こちらの条件をのんでもらうまでは、きみの条件ものまない。これはフェアな取引だ。そうだろう？

もしホープが私の望み通りに動いてくれなかったら、私はプロポーズしていなかっただろう。実際に結婚してからも、彼女が私の望み通りに動いてくれることを望んでいた。口には出さないが、それが妻を愛する条件だった。ホープが私の望まないことをすると、私は苛立ち、怒りを覚えた――そして、それは彼女も同じだった。

たいていの人が、このビジネスライクな愛が本物の愛だと思っている。しかしこれは、「私の得になるなら」という条件つきの愛だ。ビジネスの世界では、もうずっと昔から「私の得になるなら」という条件があらゆる関係の基本だった。そして1970年代に入ると、今度はビジネスだけでなく、プライベートの関係や人生の他の領域でも、この条件を適用したほうがいいと言われるようになってきた――もしあれをしてくれたら、これをしてあげる。

私たちはこの考え方を受け入れた。それ以来、この考え方に沿って人生を送っている。これでは人生がうまくいかなくて当然だ！　**条件つきの愛は、恐怖がベースにある。**そしてゆくゆくは、もっと大きな失敗と苦しみにつながるのだ。

本物の愛は、相手に何も求めない。相手の反応は関係ない。もし本当に誰かを愛しているなら、条件などつけない。セイフティネットも、プランBも必要ない。出し惜しみもしない。見返りを求めないので、関係するすべての人が勝つことができる。たとえ自分が、愛のために何かを犠牲にしたとしても。本当に愛しているなら、すぐに喜びが手に入らなくてもかまわない。長い目で見れば必ず成功するからだ。本物の愛がもたらしてくれる喜びは、どんなに大金を積んでも買うことはできない。

昔の学者は、この二種類の愛に「アガペー」と「エロス」という名前をつけた。アガペーは自然発生的で、無条件の愛だ。聖なるものから生まれる愛だ。ただ自分の中に愛が存在するから愛するのであって、条件や環境は関係ない。相手に愛する価値があるかどうかも関係ない。むしろアガペーは、愛する対象の価値を高めることになる。

そしてエロスは条件つきの愛だ。愛する対象を利用して、自分の苦痛を和らげたり、快楽を得たりすることを目的にしている。そして望みが叶ったら、また次のターゲットを探す。相手の持つ外側の要素や、相手が提供してくれることによって、愛するかどうかが決まる。一方でアガペーは、相手が何を与えてくれるかはまったく関係ない（注5）。

これに気づいたとき、まるでハンマーで殴られたかのような衝撃を受けた。そして涙があふれてきた。私は、その本物の愛でホープを愛することができるだろうか？

答えはすぐには出なかった。しかしそれから数日後、私はついに心を決めた。私は本物の愛でホープを愛することができる。すべてを捧げ、見返りは一切求めない。その決心をしたときが、私が生まれ変わった瞬間だった。本物の愛が理解できただけではない。自分もそういうふうに愛することができると理解できた瞬間でもあった。

この変化は、頭の中で起こったのではない。本物の科学と本物のスピリチュアルが出会う、ある場所で起こった。その場所を「潜在意識」や「無意識」と呼ぶ人もいるが、私は

「スピリチュアル・ハート」と呼んでいる。

　私は前に、この原則を「魔法の杖」と呼んだ。歴史を振り返ると、人は仕組みが理解できないものを「魔法」と呼んでいたことがわかる。そして、仕組みが解明されると、今度は「テクノロジー」と呼ばれるようになる。

　私がこの本で紹介しようとしている原則も、たしかに新しい発明品だ。身体、精神、魂の問題をすべて解決してくれる画期的なものだ。しかしその原理は、太古の昔から存在していたのである。

　ここで念のために断っておくと、私が使う「スピリチュアル」という言葉に、宗教的な意味合いはまったくない。宗教の教えのほとんどは恐怖をベースにしていて、そのためにむしろ害になる。とはいえ私は、精神を大事にする努力はいつも怠っていない。愛、喜び、平和、許し、優しさ、そして信じる心が、私の人生の優先事項だ。これらはスピリチュアルの領域にある物事であり、そして人生を決める物事でもある。

　愛が幸せと成功のカギになる――科学がこの原則を発見したのはつい最近のことだが、実は太古の昔から、偉大な精神の教師たちはずっとこの原則を教えていた。ただ私たちが、人生に生かす技術を持っていなかっただけだ。いくつか紹介しよう。


「誰かに深く愛されると、人は強くなる。誰かを深く愛すると、人は勇敢になる」　老子

「一つの言葉が、すべての人類を人生の苦しみから解放する。その言葉とは『愛』だ」

ソポクレス

「未来を予言する力を持ち、すべての謎を理解し、すべてを知っていても、それに山を動かすほどの信仰があったとしても、愛がなければ何の意味もない」

使徒パウロ

「すべての存在を無条件に愛し、公平に愛さなければ、心に平安は訪れない」

ブッダ

「私は絶望すると、歴史を振り返り、いつも真実と愛が勝ってきたことを思い出す。たしかに暴君や人殺しも存在した。彼らが無敵に見えるときもあった。しかし最後には、彼らは必ず破れる。いつもそれを忘れないようにしよう」

マハトマ・ガンジー

「誰かに幸せになってもらいたかったら、思いやる心を持ちなさい。自分が幸せになりたかったら、思いやる心を持ちなさい」

ダライ・ラマ

「暗闇で暗闇を追い払うことはできない。それができるのは光だけだ。憎しみで憎しみを

消すことはできない。それができるのは愛だけだ」

マーティン・ルーサー・キング・ジュニア

「愛する方法を身につけることが、精神的な生活の最終目標だ——超能力を身につけることでもないし、お辞儀やチャントの仕方を覚えることでもないし、ヨガや瞑想ができるようになることでさえない。愛する方法を身につけることがすべてだ。愛は真実だ。愛は光だ」

ラマ・スールヤ・ダス

今の時代のもっともエキサイティングな出来事は、こういった昔からの教えが、最新科学によって実際に証明されようとしていることだ。

私がこの本で紹介しようとしている原則も、もちろん本物の科学で証明できる。科学で証明できるのだから、誰でも活用することができる。あなたがどんな考え方でも、どんな人となりでも関係ない。ただ実践すればいいだけだ。

私はもう25年も前からこの原則を教えてきたが、本当にどんな人にでも効果があった。現在、この原則を実践する人は、全米50州、そして全世界の158か国にも及び、その数はまだ増え続けている。その中で、私が実際に教えて効果がなかった人の数は、両手で足りるほどだ。そんな5人から10人の人たちは、二つのタイプに分けられる。一つは、原則を実践しようとしない人で、もう一つは原則の哲学的な根拠に同意できない人だ。つまり、本当の意味で原則を実践したわけではない。それ以外は、私の知るかぎり、全員が成功している。

あなたを幸せにするツール

真の幸せと成功を手に入れるには、今この瞬間に、すべてが愛で満たされていなければならない。それができるなら、すべてが上向きになるだろう。そしてもちろん、意志の力だけでそれを達成することはできない。プログラムされていない仕事をコンピューターにさせることはできないのと同じだ。

あなたのスピリチュアル・ハート（またはあなたの潜在意識と無意識）は、コンピューターとほぼ同じ仕組みで動いている。そもそも人間の細胞は、コンピューターのチップと同じで、シリコンのような物質でできているのだ。

たとえば、あなたのパソコンに変なソフトがインストールされ、クラッシュばかりするようになってしまったとしよう。あなたはもちろんその問題を解決したいが、正しい知識とツールがないと何もできない。しかし、正しい知識とツールさえあれば、いとも簡単に解決できてしまう。パソコンが正しい状態にあれば、正しい働きをするのを止めることはできない。なぜなら、パソコンはそのようにプログラムされているからだ。

つまり、人生で成功するには、潜在意識や無意識に働きかけるツールが必要だということだ。よく言われる意志の力だけでは、顕在意識を動かすことしかできない。スピリチュアル・ハートも、細胞記憶も、人生のあらゆる問題の根源も、すべて潜在意識と無意識の中にある。

私は歳月をかけて、**人間の脳をプログラムし直す方法を開発し、実際にテストをくり返してきた**。この方法を使えば、恐怖に支配されたウィルスを駆除し、人生の悪循環を断ち切ることができる。潜在意識と無意識に働きかけて、真実と愛だけに包まれた人生を実現できる。意志の力は必要ない。理想の結果を思い浮かべる必要もない。悪いプログラムを駆除し、新しくプログラムを組み直せば、永遠に愛の中で生きることが、あなたの初期設定になる。

この本を読めば、人生のすべての領域で成功し、幸せになれるだけでなく、偉大なる原則を正しく活用するための知識とツールも手に入る。太古の昔に生まれ、そして現代の最新科学で証明された完璧な原則を、身につけていくことができる。

人々が地球は平らだと思っていた時代から、地球はずっと丸かった。それと同じように、偉大なる原則も昔からずっと正しかった。ただ最近になって、正しさを証明する科学が誕生しただけだ。そして今のあなたは、生まれて初めて、完璧な成功と幸せを実現するプログラムを手に入れた。超越した人生を生きるためのプログラムだ。

（注）

1 Timothy D. Wilson, "Self-Help Books Could Ruin Your Life!," The Daily Mail online, August 15, 2011, www.dailymail.co.uk/femail/article-2026001/Self-help-books-ruin-life-They-promise-sell-millions.html#ixzz1ovSZDP2z.

2 ホープの癒やしの物語と、潜在意識を癒やして心身の病気を治療するその他のツールについては、ベストセラーとなった私の著書『奇跡を呼ぶヒーリングコード』（ＳＢクリエイティブ）を参照してもらいたい（共著者はベン・ジョンソン博士）。

3 Cort A. Pedersen, University of North Carolina–Chapel Hill; Kerstin Uvnas Moberg, The Oxytocin Factor: Tapping the Hormone of Calm, Love, and Healing (Pinter & Martin, 2011).

4 "75 Years in the Making: Harvard Just Released Its Epic Study on What Men Need to Live a Happy Life," FEELguide, April 29, 2013, http://www.feelguide.com/2013/04/29/75-years-in-the-making-harvard-just-released-its-epic-study-on-what-men-require-to-live-a-happy-life/. This article includes a synopsis of the study, but the full findings can be found in George Vaillant, Triumphs of Experience: The Men of the Harvard Grant Study (Belknap Press, 2012).

5 Anders Nygren, Agape and Eros: The Christian Idea of Love, trans. Philip S. Watson (Chicago: University of Chicago Press, 1982).

「潜在意識」を変えれば、すべてうまくいく◉目次

PART 2 あなたの潜在意識をポジティブに変える方法

PART 1

意志を使わず幸せになる「偉大なる原則」

第1章　「究極の成功目標」を決める

この章は、まず質問から始めたい。もし正しく答えられなかったら、人生でいちばん欲しいものを手に入れるのは難しいだろう。何年も、何十年も、もしかしたらこのまま死ぬまで、ずっと悪循環から抜け出せないかもしれない。そこまで大切な質問だが、私の経験から言うと、正しく答えられる人はめったにいない。それでは、その質問をしよう。

質問1　あなたが今、他の何よりも欲しいものは何だろう?

正しい答えを見つけるために、一つだけルールがある。それは、「フィルタリング禁止」だ。たいていの人は、この質問をされると、まずとっさに一つの答えを思いつく。頭で考えたのではなく、反射的に頭に浮かんでくる答えだ。ここでの問題は、たいていの人が、そのとっさに浮かんだ答えを否定しようとすることだ。そして、人に言っても恥ずかしくないような表向きの目標を考え、それが本当の望みだと自分を納得させようとする——これは絶対に禁止だ！

私がこの本を書いたのは、あなたが本当に欲しいものを手に入れるためだ。

この質問に正直に答えることが、成功への第一歩になる。本当に欲しいものがわからなければ（または、本当に欲しいものを認めずにいると）、それが手に入ることはまずないだろう。だからこの質問には、とっさに頭に浮かんだことを正直に答えてもらいたい。その答えが「１００万ドル欲しい」だったとしても、それが本心なら一向にかまわない。健康の問題でもいいし、人間関係の問題でもいい。ただ真っ先に頭に浮かんだことを、そのまま答えてもらいたい。本当に欲しいものがわからなければ（または、本当に欲しいものを認めずにいると）、それが手に入ることはまずないだろう。

魔法のランプのエクササイズ

無意識のフィルタリングをしないでこの質問に答えるために、ここでちょっとしたエクササイズをしてもらおう。アラジンの魔法のランプは知っているだろうか。私が子供のころ大好きだったお話だ。

目を閉じて、ランプの精のジーニーが目の前にいると想像してみよう。他には誰もいない。あなたとジーニーだけだ。そこで、ジーニーはあなたにこんなことを言う。「お願いを一つだけ叶えてあげよう。どんなお願いでもかまわないが、条件が二つある。一つは、『もっとお願いを叶えて欲しい』というお願いは禁止。そしてもう一つは、他の誰かの自由を奪うようなお願いも禁止だ。それ以外なら何でも好きなことをお願いできるし、必ず叶えられる。1000万ドル欲しいなら、もちろん手に入る。ああ、それから、この願いを叶えたら、もう他の願いは一つも叶わない。そして10秒以内にお願いをしないと、この話はなかったことになる」

さあ、どうだろう。本当に目の前にジーニーがいるつもりで、本気で考えてみよう。10秒しかないのだから、フィルタリングしている時間などない。目を閉じて、思い浮かんだことをパッと言ってしまおう。

さて、あなたは何をお願いしただろうか？　それを紙に書こう。

ここでジーニーにお願いしたことが、あなたにとってのいちばんの望みだ。でも普通に尋ねていたら、あなたはきっと違うことを答えただろう。それも、かなり違うことだ。**そんな表向きの目標に縛られていたら、理想の人生を手に入れることなど不可能だ。**

それでは、なぜここで、あなたの本当の望みを知る必要があったのか？　それは、本当の望みが、あなたのすべての行動の原因になっているからであり、すべての思考の原因になっているからだ。口では何を言っても、本心ではそれをいちばんに信じている。

あなたがしていることも、今までにしたことも、これからすることも、すべて人生のある時点で決めた目標が動機になっている。もう忘れたつもりになっているかもしれないが、心の奥底に刻まれているのだ。

朝になれば起きるのも、その目標があるからだ。歯を磨くのも、着替えるのも、タクシーを呼ぶのも、結婚するのも、離婚するのも、子供を持つのも、トイレに行くのも、すべてその目標があるからだ。たとえ自分では意識していなくても、その目標があなたの行動を決めている。だからこそ、人生に本物の変化を起こしたいと思っているなら、自分の無意識の中にある「いちばん大きな望み」の正体を知らなければならない。

間違った答え

私はこの25年間、ずっとこの質問をしてきた。一対一のカウンセリングで尋ねたこともあるし、数千人を相手に尋ねたこともある。最近では、１６００人以上の聴衆を前にこの質問をした。そのとき正しい答えを言えた人は、たった6人だった。

この質問の決まりは、「正直に答える」ということだけなのだから、間違えようがないではないか。そもそもなぜ間違いだとわかるのか？　それは、私がさらに二つの質問をすると、本人が間違った答えだったと認めるからだ。その二つの質問は、あとで尋ねることにしよう。

でも、ここでヒントをあげよう。正しい答えはいつでも内面の状態で（愛、喜び、平安など）、間違った答えはいつでも外側の状況になる（お金、健康、物質的な成功、「相手にこうして欲しい、こう感じて欲しい」という願いがベースになる人間関係など）。これが間違った答えなのは、結局はあなたを不幸にするからだ。外側のものを追い求めると、本物の幸せや成功はどんどん遠ざかっていく。

それはなぜか。ここで、例の97パーセントの確率で失敗する「三つのステップ」方式を思い出そう。

①　欲しいものに意識を集中する

②　それを手に入れる計画を立てる

③　計画を行動に移す

ステップ1と2で大事なのは、目標とする結果だ。そして、ハーバード大学の心理学教授で、ベストセラー『明日の幸せを科学する』（早川書房）の著者であるダニエル・ギルバートによると、「期待は幸せを殺す」（注1）とのことだ。ギルバートはこの分野の研究をもう何年も続けている（注2）。ここで言う「期待」とは、「何らかの未来のイベントに関係のある、具体的な人生の状況」「結果」ということだ。ギルバートはインターネットに動画も投稿していて、この期待の仕組みについてとてもわかりやすく説明してくれている（注3）。

この「結果を期待する気持ち」が殺す対象は、幸せだけではない。健康や成功も犠牲になる。それは、未来の結果を期待すると、その結果を手に入れるまでずっとストレスを感じることになるからだ。

ここ30年間をこの地球上で過ごした人なら、病気の95パーセントはストレスが原因だという説を聞いたことがあるだろう。しかも、それだけではない。病気だけでなく人生のあらゆる問題も、ほぼすべてストレスによって引き起こされているのだ。

仕組みを説明しよう。

(1)　ストレスは病気の原因になる。病気の95パーセントはストレスが関係していることは、ほぼすべての医者や研究者が認めている。これは別に新しいニュースではない

(2) ストレスは頭の働きを低下させる。高度な働きをする脳の部位への血流が減り、創造性や問題解決能力など、幸せで成功した人生に必要な機能が失われる

(3) ストレスはエネルギーを奪う。コルチゾールが分泌された瞬間はエネルギーが増すが、アドレナリンが出すぎたせいで逆に消耗してしまう。ストレスとは本来、命にかかわる危険があるときだけ感じればいい。戦うにしても逃げるにしても、そのときの行動にコルチゾールは役に立ってくれる。現代人がよく「いつも疲れている」と不平を漏らすのは、つねにストレスにさらされているからだ

(4) ストレスがあるとあらゆることに対してネガティブになる。「できない」「私はダメだ」「自分には才能がない」「私には魅力がない」「景気が悪すぎる」……。こういったネガティブな態度でいると、ネガティブ思考が状況の客観的な分析だと思い込んでしまう。しかし、それは違う。ストレスのせいでそう感じているだけだ。ストレスをなくせば、ネガティブ思考は自動的にポジティブ思考に変わるだろう。ストレスを抱えたままの人は、意志の力でネガティブ思考を変えようとするが、それはほぼ確実にうまくいかない

(5)　ストレスがあると、どんな課題もほぼ確実に失敗する。(1)から(4)を見れば、そう考えるしかないだろう。病気で、頭の働きが鈍く、疲れていて、ネガティブ思考に支配されているときに、何かをやって成功するわけがない。しばらくの間は頑張れるかもしれない。重い岩を丘の上に向かって転がしていけるかもしれないが、いずれ耐えられなくなり、転がり落ちてくる岩に潰されてしまう

たしかに、何か特別な才能があれば、たとえストレスまみれでも、その分野で目標を達成することはできるかもしれない。たとえば、スポーツ、科学、金融、セールスなどだ。とはいえ、長い目で見れば幸せにはなれないし、心も満たされない。目標とする結果を達成して、なおかつ幸せで、心が満たされている状態――これが本当の幸せだ。それ以下の状態で妥協してはいけない。

ステップ3の「計画を行動に移す」段階は、意志の力が不可欠だ。そして意志の力は、期待と同じくらい役に立たない。これは経験から何となくわかっていたことだが、最新の科学によってついに証明されたのだ。

スタンフォード大学医学部の元教授で、細胞生物学者のブルース・リプトンによると、潜在意識のプログラムを組み直さず、ただ意志の力を使って理想の人生や健康、成功などを手に入れようとすると、うまくいく確率はたったの100万分の一だ（注4）。なぜかというと、潜在意識（つまり、あなたという人間を動かすプログラミングが存在する場所）は、顕在意識（意志の力が存在する場所）よりも100万倍大きな力があるからだ。

友人で、スタンフォード大学で物理学を教えていて、映画『超次元の成功法則』にも出演しているウィリアム・ティラーは、私との個人的な会話のときにこんなことを言っていた。「顕在意識と潜在意識が戦えば、いつも必ず潜在意識が勝つんだ」

顕在意識の言うことに無意識が異議を唱えても、自分でそれに気づくことはほとんどない。自分が何かをしたのなら、自分でそれをすると決めたからだと思い込んでいる。電話をする、カウチに座る、ネットをダラダラ見て3時間も無駄にする――こういった行動はすべて、自分の意志で決めているのではない。自分でも気づかないうちに、潜在意識に支配されているのだ（このことについては、第2章でさらに詳しく見ていく）。

ここで、またステップ1と2に戻り、期待と外側の状況をもとに目標を設定することの問題について考えてみよう。何か外側の状況を人生の第一の目標にすると、はっきりした結果が出る（目標を達成する、または失敗する）まで、つねにストレスにさらされることになる。つまり、もしかしたら目標そのものが、人生の問題になってしまっているかもしれないということだ。私のクライアントにも、そういう人がたくさんいた。外側の状況を人生の第一の目標にすると、考えられる結果は、次の三つのうちのどれかになる。

⑴　ずっと欲しかったその外側の状況が手に入ると、たしかにその瞬間はこの上なく嬉しい気持ちになれるが、本当にその瞬間だけだ

1日がたち、1週間がたち、1か月がたつと、早くも次の目標に向かって進み始める。人生でいちばん欲しいものがまた新たに出現するのだ。慢性的なストレス、刹那的な喜び、また次のストレスというサイクルを延々とくり返すことになる。そして人生の終わりが訪れたときに、「自分は何をあんなに必死になっていたのだろう」とふと考える。

私の友人で、自分の本が「ニューヨーク・タイムズ」のベストセラーリストに載るという夢をずっと追いかけている人がいる。彼はたしかに努力を重ねていた。そして25年がたち、ついに夢が叶ったのだ！　リストの中に自分の本を見つけると、彼は天にも昇る心地だった。私も一緒にお祝いをした。しかし私は、その次にどうなるかも予想できていた。

2週間半がたち、彼はついに本音を言った。「なんだか期待していたほどではなかったな」。実際、彼はかなりひどいうつ状態になり、健康にも問題を抱えるようになってしまった。せっかく長年の夢を叶え、経済的にも豊かになったというのに、これはいったいどういうことだろう？

以前の彼は、自分の本が「ニューヨーク・タイムズ」のベストセラーリストに載りさえすれば、ある種の問題がたちどころに消え、そしてある種の夢が実現すると信じていた。しかし、目標を達成してもそうならないということがわかると、以前にはなかったような虚しさが胸の中に広がっていった。ベストセラーを書きたいという長年の夢が消え、あとにはぽっかりと開いた穴だけが残された。

夢を手放し、代わりに空虚を手に入れる――まるで割に合わない取引だ。つまり、外側の状況を目標にすると、それを達成したときに、精神状態はかえって悪化するということだ。達成しないでずっと夢を追いかけているほうが、まだいい気分でいられる。とはいえ、彼もいつまでも落ち込んではいなかった。また次の目標を決め、その外側の状況を手に入れれば、今度こそ本当に幸せになれると張り切っていた――こうやってストレスのサイクルをくり返すことになる。

(2) 目標を達成しても、すぐに違う建物に梯子《はしご》をかけてしまったような気分になる

言い換えると、目標達成の喜びさえ感じないときもあるということだ。そんなとき人は、ただ次の目標に飛び移るのではなく、幻滅してやる気を失ってしまう。

以前、テレビであるドキュメンタリー番組を見た。番組の中で、世界的に有名なバンドが最初のヒット曲について語っていた。「長年の夢がついに叶ったときはどんな気分でしたか？」という質問を受けると、メンバーの一人はこう答えた。「こんなものなのか？もっとすごい何かを期待していたのに――そういう気分だった」。とても印象深い答えだが、特に驚きはなかった。

私のクライアントには、大成功しているミュージシャンやアスリート、俳優などもたくさんいる。彼らの中で、富、名声、幸福、健康のすべてを持っている人は、だいたい20人に一人ぐらいだ。残りの19人は極度のストレスにさらされ、次の目標に向かって一心不乱に突っ走っている。早く次のプラチナアルバムを出さなければと焦り、もうヒット曲を作れないかもしれないという恐怖と戦っている。夢のような人生を送っているというのに、信じられないようなことでストレスを感じていたりするのだ。

富、名声、幸福、健康のすべてを持っている少数派たちに話を聞くと、富と名声のおかげで幸せなわけではないということがよくわかる。彼らが幸せなのは、大切な原則を知っているからだ。それは、**「内面にある愛と真実のほうが、外側の結果や状況よりもずっと大切だ」**という原則だ。

彼らにしても、簡単にその原則を発見したわけではない。アルコールやドラッグの問題でさんざん苦しみ、そしてついに、お金と名声だけでは決して心は満たされないということを悟る。それからは、外側の状況に執着しそうな自分に気づくと、その反対の方向へ一目散に走っていく。「もうお金や名声のことは考えもしない。そのせいで死にかけたから

ね」と彼らは言う

この(1)と(2)は、第一の目標を達成した人に起こることだ。たいていの人は、意志の力を使って目標を達成しようとする。そしてもうご存知のように、**意志の力は役に立たない**。それでは、いつまでたっても目標を達成できなかったら、いったいどうなってしまうのだろう。

(3) 目標を達成できないと、すっかり意気消沈して立ち直れなくなる

この仕事をしていていちばん悲しいのは、原則に気づくのが遅すぎた人たちを見ることだ。

たとえば、あるベテランのカントリー歌手は、自宅にずらりと並んだトロフィーやパネルを苦々しく眺めると、「こんなものはいつでもくれてやる」と言った。「もっと家族を大切にするべきだった。愛する人たちとの時間を増やすべきだった。愛と喜びと心の平安が手に入るなら、名声を手放してもかまわない」。人はたいてい、年をとると、人生で本当に大切なものがわかるようになる。

しかしなかには、年をとってもまだわからない人もいる。いつまでも外側の状況に執着し、恐怖とストレスにさいなまれている。彼らはおそらく、それまでに集めたトロフィーや賞状に必死でしがみついているのだろう。

正しい答えはどこにあるのか

もしあなたが、答えを間違えた99パーセントのうちの一人なら、次の二つの質問から正しい答えを考えてもらいたい。最初の質問は、「あなたが今、他の何よりも欲しいものは何だろう？」だった。それでは次の二つの質問だ。

質問２　質問１で答えた「何よりも欲しいもの」が手に入ったら、自分はどうなるだろう？　人生はどう変わるだろう？

質問３　何よりも欲しいものを手に入れ、質問２で想像した通りの結果になったら、どんな気分になるだろう？

質問３への答えが、質問１への正しい答えだ。それがあなたにとっての「何よりも欲しいもの」だ。いちばん大切なものは、あなたの中にある。外側の状況では決してない（注5）。

この内面の状態を、「究極の成功目標」と呼ぶことにしよう。なぜそう呼ぶかというと、まさに文字通りで、目標にするべき究極の成功だからだ。とはいえ、この内面の状態が本当に究極の成功目標なら、なぜ最初からこう答えなかったのだろう？

理由を説明しよう。ほぼすべての人が、質問1に対して外側の状況を答える。その外側の状況が実現すれば、質問3で答えた内面の状態も手に入ると信じているからだ。

例をあげよう。数か月前、ロサンゼルスでセミナーを開催し、この究極の成功目標を見つけるエクササイズを行ったときのことだ。参加者のある女性が壇上に上がり、自分の答えを私たちにも教えてくれた。彼女はここ数年、苦労の連続だった。

彼女にとっての「何よりも欲しいもの」は「100万ドル」だった。答えたときの彼女は、うっとりとした表情を浮かべていた。そして質問2、「その欲しいものが手に入ったら自分はどうなるか？」への答えは、だいたい予想はついていると思うが、「借金を完済できる、生活に余裕ができる、久しぶりに旅行に行ける、お金のストレスがなくなる」というものだった。そして質問3への答えは「心の平安」だ。

つまりその女性は、心の平安を手に入れるにはお金が必要だと考えている。

私はこのエクササイズの仕組みを説明すると、また質問をした。「もしかしたら、あなたが本当に欲しいものは心の平安で、それを手に入れるにはお金が必要だと思い込んでいるだけではないですか？」

彼女ははっとしたように私を見た。そして手で顔をおおうと、そのまま泣き出した。ステージに上がり、たくさんの人々を前にしているのに、それでもかまわず声をあげて泣いていた。そしてようやく落ち着くと、聴衆に向かって、今この瞬間まで自分の本当の望みに気づいていなかったと言った。彼女はもう何十年も前から、お金さえあればと思っていた。お金のことばかり考え、お金ばかり追い求め、その結果かえってストレスがたまり、不安にさいなまれ、不幸になっていた。

彼女はそこまで言うと、あることに気がついた。**本当に欲しいものは、今すぐにでも手に入る。**お金がなくてもかまわない。実際、外側の状況は何も変わらなくても、内面の状態を変えることはできるのだ。彼女は本当に楽しそうに声をあげて笑うと、私を抱きしめた。表情や雰囲気がすっかり変わり、聴衆が見ている前でまるで別人のように生まれ変わった。

私たちの多くが、何らかの結果を求めている。それはキャリアかもしれないし、何かを所有することかもしれないし、何かを達成することかもしれないし、人間関係かもしれない。その外側の状況さえ手に入れれば、理想の心の状態になれると信じているからだ。

しかし、それは間違っている。それはこの世でもっとも大きな嘘の一つであり、自己啓発の97パーセントが失敗に終わる理由でもある。**外側の状況から、愛、喜び、平安といった見えないものを生むのは不可能なのだ。**それが自然の仕組みであり、私たちも同じ仕組みで動いている。

例をあげて説明しよう。通勤ラッシュで渋滞している道路を思い浮かべてもらいたい。最悪の渋滞だ。そこで2台の車が並んで走っている。1台の運転手は、渋滞のせいでイライラが爆発しそうになっている。血管が浮き上がり、顔が紅潮し、ハンドルを握る手に力が入る。そして周りの車に罵声を浴びせる。そのとき、隣の運転手は完全に落ち着き払っている。同乗している友達と談笑し、カーラジオから流れる歌に合わせて自分も歌っている。あなたもこんな状況を見たことがあるだろう。

とはいえ、外側の状況が、内面の状態にまったく影響を与えないというわけではない。たとえば、事故で配偶者を失うという悲劇に見舞われたとしよう。人間の身体は、大きな危険に直面したときや、大きな喪失を経験したとき、ストレスホルモンが分泌されて「戦うか、それとも逃げるか」というモードに入る仕組みになっている。

そのとき、普段から内面が愛、喜び、平安といった状態にある人なら、通常の悲しみの段階を経験するが、1年ほどたつころにはきちんと立ち直っている。

一方で、普段から恐怖を抱えている人は、ストレスの大きい状況に遭遇すると、完全にノックアウトされて立ち上がれなくなってしまう。この場合、ストレスの本当の原因は外側の状況ではない。普段の内面の状態が、大きなストレスを引き起こしているのだ。

外側の状況は、いつでも内面の状態から生まれてくる。外側の状況で究極の成功を実現するには、まず内面が愛、喜び、平安で満たされていなければならない。心が豊かでないと、健康、富、創造性、幸せ、成功といった外側の状況も絶対に手に入らない。

恐怖、抑うつ、怒りに満ちた心を抱えていると、外側は成功とは正反対の状況になるだろう。健康問題、お金の問題、閉塞感、不幸に襲われ、人生のあらゆる分野で失敗する（この仕組みについては、第2章と第3章で詳しく説明する）。

さあ、ここでまた最初に言ったことに戻ってきた——ストレスは、多くの健康問題の原因になるだけでなく、人生のあらゆる問題の原因にもなっているのだ。

前にも言ったように、自分の中に本物の動機がなければ、何かを達成することはできない。１００万ドルが欲しいと言った女性は、１００万ドルを使って達成したいことがあった。それが彼女にとっての内面の動機だ。ここで大切なのは、１００万ドルで達成したいことは何かということであり、**そしてなぜそれを求めているのかということだ**。答えのカギは、彼女の中にある**「苦痛と快楽のプログラミング」**にある。

「苦痛と快楽のプログラミング」

人間にとってもっとも根源的な本能は、快楽を求め、苦痛を避けることだ。これは一種のプログラミングであり、生存本能の一部でもある。この本能は胎児のころからすでに存在し、死ぬときまでずっと持ち続ける。

生まれてから6歳ぐらいまでの人間は、まだとても弱々しい存在なので、生存本能をフルに働かせて危険なものを極力避けようとする。この間に「刺激と反応」のシステムを確立し、苦痛は悪いもので、快楽はいいものだと認識するようになる。この「刺激と反応」は、「原因と結果」や「作用と反作用」などと呼ばれたりもする。このプログラミングも自然界の物理法則の一部で、具体的にはニュートンが唱えた運動の第三法則、つまり「すべての作用には反作用がある」という法則とだいたい同じことを言っている。

以上のことを踏まえて、私はこれを「苦痛と快楽のプログラミング」と呼んでいる。快楽を与えてくれるものは安全で、それゆえにいいものであり、欲しいものだ。反対に苦痛を与えるものは危険と解釈され、脳が「戦え」という指令を出したり、「動くな」という指令を出したり、「逃げろ」という指令を出したりする。

単純に生存という観点だけで考えれば、この刺激と反応のシステムはよくできている。少なくとも人生の最初の6年ほどは、大いに役に立ってくれるだろう。

しかし、大人にとっての成功は、この方法では手に入らない。

人は大人になれば、快楽が身体に悪いこともあり、苦痛が自分のためになることもあると理解できるようになる。それなのに、残念ながらたいていの人が、大人になってもまだ快楽だけを追い求め、苦痛は全力で避けようとする。たとえそのせいで、愛と真実と心の平安が犠牲になるとしても。簡単に言うと、たいていの人が、5歳児のまま大人になっているということだ。

例をあげて考えてみよう。妻のいるある男性が、その場の勢いで一夜の情事に身を投じてしまった。翌朝、彼は激しく後悔し、家に帰ってからも罪悪感と恐怖でまったく心が安まらない。その夜、夕食のあとで、男性は浮気の一件をおそるおそる告白した。妻はショックを受けた。それから1時間ほどの間、二人は苦痛に耐えながら話し合った。夫は罪悪感にさいなまれていたが、それでもあれは一時の気の迷いであり、もう二度としないと断言した。妻は混乱し、傷ついていた。夫が急に知らない人になってしまったようで、激しく戸惑っていた。

その夫に、「本当にその浮気相手と寝たかったのか」と尋ねたら、きっと「まさか！

私は妻を愛している。あれは一時の気の迷いだ」という答えが返ってくるだろう。

しかし私に言わせれば、もし本当に寝たくはなかったのなら、実際に寝ることもなかっただろう。それは、すべての行動の裏には動機があり、すべての動機の裏には思い込みがあるからだ。その思い込みが何であれ、**人間はいつも自分の思い込みの通りに行動する。**

実際に浮気をするには、「浮気をするのが、今この瞬間でベストの選択だ」と信じている必要がある。「ここで彼女と寝れば、今求めている大きな快楽が手に入る。最近の妻はセックスに応じてくれないので、私が浮気するのもやむをえない。今回だけだ」

それと同時に、彼はおそらく、浮気はよくないということも本気で信じている。矛盾する二つの信念の間で葛藤があると、その瞬間により強い信念のほうが勝つことになる。浮気をしたいという信念は、苦痛と快楽のプログラミングから生まれている。5歳児の思考だ。そして浮気はいけないという信念は、愛と真実から生まれている。こちらは大人の思考だ。

決断の瞬間、男性は「戦うか、それとも逃げるか」モードに入っている。「こんなことをしたら取り返しのつかないことになる」という気持ちもたしかにある。もしかしたらショック状態になり、意識的な思考が働かなくなっているかもしれない。動物と同じで、本能だけで行動する状態だ。そしてついに、本能に従うことになる。一線を越える瞬間は、理性がほとんど働いていない。もうまともに考えられなくなっている。そしてことが終わると、理性が復活して、激しい後悔と罪悪感に襲われることになる。「なぜあんなことをしてしまったんだ？　いけないってわかっていたのに！」

なぜかというと、苦痛と快楽のプログラミングに従って行動したからだ。彼は5歳児のように考え、5歳児のように行動した。

たしかに浮気をするという行動を選んだのは夫だが、見方を変えれば選ばされたとも言える。無意識のプログラムに操られ、本能的に快楽に走ってしまっただけだ。だから、「もう二度としない」という誓いの言葉を実行に移すには、その無意識のプログラムを変えなければならないのだ。

これが当てはまるのは、浮気という状況だけではない。子供に向かって怒鳴ってしまうのも、ダイエット中なのにアイスクリームをがまんできないのも、すべて苦痛と快楽のプログラミングで説明がつく。意志の力も、本能の前では何の役にも立たないのだ。

外側の成功を望む人は、恐怖に支配されている

「苦痛と快楽のプログラミング」の存在は、意志の力が役に立たないことを教えてくれるだけではない。人生で成功したいのなら、外側の状況を追い求めるのは間違っているということの証明にもなっている。

いちばん欲しいものは何かと考えたとき、まず外側の状況が思い浮かぶ人は、間違いなく恐怖がベースの生存本能に支配されている。その外側の状況が、快楽か、または安全をもたらしてくれると信じている。おそらく人生のある時点で何らかの経験をして、その状況が手に入れば大丈夫だというようなことを学んだのだろう。

昔のクライアントで、とてもお金持ちの人がいた。どんなに贅沢をしても使い切れないほどのお金を持っていた。それなのに、彼はとても不幸だった。あそこまで惨めな人はほとんど会ったことがない。いつもストレスを抱え、働きすぎで、イライラしていた。

しかし、彼の心理を少し探ると、すべての原因がすぐにわかった。彼は貧しい生まれだった。子供のころは貧乏だとバカにされ、着古した服を笑われた。彼はそれが恥ずかしかった。『風と共に去りぬ』のスカーレット・オハラが、「神様を証人にして誓います。もう二度と飢えに泣きません」と言ったように、彼もまた、もう二度と貧乏にならないと誓いを立てた。

それがいつしか、彼にとって生きるか死ぬかの問題になっていた。彼はお金さえあれば、愛も喜びも心の平安も買えると信じていた――お金がたくさん貯まり、いい服を着ていい車に乗れば、自分は幸せになれる。しかし、もうおわかりだと思うが、それは間違いだ。彼もまた、お金がすべてを解決しないことを痛感していた。

いちばん欲しいものを尋ねられて、外側の状況を答える人は、少なくとも二つの点で間違っている。一つは、外側の状況が本当の幸せと満ち足りた気持ちをもたらしてくれると信じていること。そしてもう一つは、外側の状況さえ達成すれば、内面の状態（愛、喜び、平安など）もすぐに手に入ると信じていることだ。

歴史を振り返れば、偉大な精神の教師たちはみな同じことを言っている。それは、快楽を追い求め、苦痛を避けるという生き方では、人生の成功は手に入らないということだ。つねに愛と真実の状態で生きている人だけが、本当の成功を手に入れることができる。

なぜ「内面の状態」が正しい答えなのか

ここで今までの内容をざっとおさらいしておこう。人生でいちばんの目標が外側の状況だという人は、それを達成することはまずないだろう。対して、もし人生でいちばんの目標が内面の状態なら、次のようなことが期待できる。

(1) いつでも目標を達成できる

外側の状況はまったく変わらなくてもかまわない。それに内面の状態も、変えなければならないのはエネルギーのパターンだけだ。これは正しいツールがあれば簡単に変えることができる。

(2) 一度達成すれば、もう誰にも奪われない

ホロコーストを経験した心理学者のヴィクトール・フランクルも同じことを言っている。彼はこれを、人間に残された最後の自由と呼んだ。人はどんな状況にあっても、自分の態度を決める自由だけは奪われない。フランクルは収容所を出ると、古典的名著の『夜と霧』を書き、外側の状況にとらわれず、内面を重視することの大切さを解いている（注6）。

(3) 一度達成すれば、必ず完全に満ち足りた気持ちになれる。なぜなら、自分では気づいていなかったかもしれないが、それがあなたがずっと求めてきたものだからだ

(4) 内面の状態をいちばんの目標にすると、欲しいと思っている外側の状況もボーナスとして手に入る

内面が愛、喜び、平安の状態になると、理想の外側の状況を達成する力も手に入る。

「偉大なる原則」を活用して本当に欲しいものを手に入れる

人生で本当にいちばん大切なものを、すでに知っていた人もいるだろうし、ここまで読んで初めて知った人もいるだろう。いずれにせよ、それを手に入れるいちばんの方法は、「偉大なる原則」を活用することだ。

偉大なる原則のコンセプトはいたってシンプルだ。ストレス反応を引き起こすようなことと正反対のことをする——これだけだ。具体的には、**意志の力で手に入れようとしている何らかの外側の状況があるなら、それをあきらめること。その代わりに、愛と喜びと平安で満たされた内面を手に入れることを目標にする。**それが手に入れば、外側の状況を達成する力にもなるだろう。もっとわかりやすい表現で説明すると、次のようになる。

「何をするにしても、内面が愛の状態でなければならず、目の前の瞬間に集中しなければならない」

以上だ。これが偉大なる原則のすべてだ。最高の成功を手に入れるには、ただ愛の中に生きて、目の前の瞬間に集中するだけでいい。人生のあらゆる分野を網羅する、まさに完璧な成功だ。あの三つの質問にすべて正直に答えれば、自分が本当に求めているものがもうわかっただろう。そして、それを手に入れる方法もすでに知っている。

先へ進む前に、私が25年前に経験した「生まれ変わる啓示」の瞬間を、あなたにも経験してもらいたいと思う。

生まれ変わる啓示を受け取るかどうかは、自分でコントロールすることができない。でもこれは本当にすばらしい贈り物なので、受け取れるチャンスがあったら絶対に逃さないでもらいたい。とりあえず今は、ただ祈るだけでいい（注7）。そしてこの偉大なる原則についてじっくりと考える。可能性に心を開き、贈り物を受け取る態勢を整えておく。具体的には、次にあげる事柄についてよく考えてもらいたい。一度に一つずつ、順番に考えること。

・ある外側の状況を実現するのが成功だと思っていると、確実に失敗することになる。それも、目標としている結果が手に入らないだけでなく、人生のあらゆる分野で失敗する。なぜなら、外側の状況を人生最大の目標にすると、慢性的にストレスを抱えることになるからだ。ストレスの存在はあらゆる成功を妨げる

・「私の得になるのか」という観点からすべての物事を眺めると、短期的には欲しいものが手に入るかもしれないが、長い目で見れば大きな苦痛につながり、すべての面で失敗することになる。心に愛をもち、「私の得になるのか」という考え方を捨てれば、完全に満たされた本当の幸せを手に入れることができる

・本当に欲しいものは、外側の状況でもなければ、何か物質的なものでもない。自分が本当に求めているのは、心が愛と喜びと平安で満たされた状態だ

・頭と心の再プログラミングを行わず、ただ意志の力だけで成功しようとしているなら、成功する確率は１００万分の１になり、失敗する確率は１００万倍になる。そして、根本的に不可能なことを無理に行うと、多大なストレスにさらされるので、失敗する確率はさらに大きくなる

・愛、喜び、心の平安を手に入れたら、外側の状況を実現する力も手に入る。意志の力だけで同じものを達成することはできない

・愛をもって、今この瞬間を生き、外側の状況や結果をあきらめると、想像もしていなかったような成功と幸せが手に入る

・本当に欲しいものを手に入れるには、「意志の力」も「期待」も役に立たない

私はよく、「生まれ変わる啓示を経験したことはどうしたらわかるのか？」という質問を受ける。それには、「とにかくわかる！」としか答えようがない。

その瞬間、自分の中で何かが根本から変わるのを感じる。心の中が温かくなるかもしれ

ない。興奮で湧き立つかもしれない。心が穏やかになり、肉体を超えた次元で本当に満ち足りていると感じることができる。恐怖や不安がなくなり、心が軽くなる。心が愛で満たされる。考えることも、信じることも、行動も、すべてがその場で変わる。私の言葉を信じて欲しい。とにかく経験すればわかるのだ！

とはいえ、たとえ生まれ変わる啓示が訪れなくても、心配することはない。もっとあとで訪れるかもしれない。または、この本で紹介するようなツールを使ってだんだんと理解していくのが、あなたにとってはベストの方法なのかもしれない。

いずれにせよ、ここでのいいニュースは、意志の力だけでは成功できないし、頭で理解するだけでも成功できないということだ。次の章から、本当に成功できる方法を具体的に説明していこう。

しかしその前に、二つの大切なコンセプトについて学んでおく必要がある。それは、「細胞記憶」と、私が「スピリチュアル物理学」と呼んでいるものだ。

（注）

1 Dan Gilbert, "Why Are We Happy? Why Aren't We Happy?," TED Talks (video), February 2004, https://www.youtube.com/watch?v=LTO_dZUvbJA#t=54.

2 Dan Gilbert, Stumbling on Happiness (Vintage, 2007).

3 Dan Gilbert, "Why Are We Happy? Why Aren't We Happy?," TED Talks (video), February 2004, https://www.youtube.com/watch?v=LTO_dZUvbJA#t=54.

4 Bruce Lipton, The Biology of Belief (Hay House, 2008), 98.

5 あなたはおそらく、「私が本当に求めているのは内面の状態だなんて、なぜこの男にわかるのか?」と思っているだろう。私が断言できるのは、自分のクライアントの全員を対象に、10年にわたって個人的に調査を行ってきたからだ。「いちばん欲しいものは何ですか?」と尋ね、次に「なぜそれが欲しいのですか?」と尋ねる。クライアントが答えるたびに、「それはなぜですか」と質問を重ねていく。そして最後に行き着く答えは、例外なく内面の状態だった。

6 Viktor E. Frankl, *Man's Search for Meaning* (Simon & Schuster, 1959).

7 「祈り」という行為にどうしても違和感を覚えるなら、ラリー・ドッシー医師が書いた『Reinventing Medicine』というすばらしい本をおすすめしたい。ドッシーはその本の中で、祈りの効果に関する科学的な研究を紹介している。自分のために誰かが祈っている自覚がまったくなくても、奇跡的な効果が上がった事例もある。それでもまだ納得できないというのなら、神のような存在ではなく、自分のハートに祈りを捧げてみよう。

第2章　「細胞記憶」を癒せば、問題は消える

人生で何かうまくいっていないことがあるのはすぐにわかる。痛みや不安を嫌でも自覚してしまうからだ。もしかしたら歯が痛いのかもしれないし、10代の息子が夜中になってもまだ家に帰ってこないので、ずっと眠れずにいるのかもしれない。

ここで難しいのは、そういった問題の根源を探り、ただ症状を消すのではなく、問題を根源から取り除くことだ。人間は、現在の状況が問題のすべてだと考える傾向があるが、その認識はたいてい間違っている。問題の根源をどうにかするのではなく、ただ外側の状況を変えることにエネルギーを注いでいると、かえってストレスが増えてしまうのだ！

ここ50年ほどの間、特に最近の15年間で、痛みや不安といった症状の正体が科学的な研究によって明らかになってきた。症状の原因は、あなたの身体でもなければ、あなたを取り巻く環境でもない。**あなたの無意識や潜在意識の中に眠っている見えない問題が、本当の原因だ。**科学者たちは、その問題を**「細胞記憶」**と呼んでいる。

細胞記憶とはいったいどういうものなのか。実のところ、普通の記憶とほぼ同じものだ。

わざわざ「細胞」という言葉を頭につけているのは、記憶は頭の中にあるものだという先入観があるからにすぎない。しかし最新の研究によって、記憶は身体中のすべての細胞に保存されていることが明らかになった。

とはいえ、名前は違っても記憶は記憶なので、本書ではシンプルな「記憶」という言葉を使うことにする。また、それと同じ意味で「スピリチュアル・ハート」という言葉を使っている。「細胞記憶」も「記憶」も「スピリチュアル・ハート」も、または「潜在意識」も「無意識」も、すべてだいたい同じような意味だ。どれも「記憶が保存されている場所」であり、また人生のあらゆる問題が生まれる場所でもある。

2004年9月12日、「ダラス・モーニングニュース」紙に、ある医学の発見についての記事が掲載された。テキサス州ダラスにあるサウスウェスタン大学の医学部で行われていた研究が完了し、人間の記憶についての新事実が明らかになった。記憶は脳だけでなく、身体中の細胞にも保存されているというのだ。さらにその研究によると、その「細胞記憶」があらゆる身体の不調や病気の原因になっている。新聞にはハーバード大学のエリック・ネスラー医師へのインタビューも掲載されていた（注1）。

この記事は、世界中の新聞に再掲載された。そして2004年10月、「ダラス・モーニングニュース」紙はこの発見をさらに詳しく伝えた。今度の記事の見出しは「細胞は忘れる」だ。ここで記事の一部を引用しよう。少し長くなるが、ぜひ読んでもらいたい。

最新の研究によると、自然界に存在するすべての生き物が、**脳の力に頼らずに細胞や臓器に記憶を保存している**という。どうやらこの細胞記憶が、健康な人生と死を分けるカギになっているようだ。

ガンの原因は、いい細胞記憶が悪い細胞記憶に置き換わったことにあるのかもしれない。心のトラウマ、依存症、うつ病なども、すべて細胞の中にある異常な記憶のせいで悪化しているのかもしれない。年をとってから現れる病気は、迷子になっていた記憶が加齢とともに細胞に組み込まれるからかもしれない。脳に保存されている本物の記憶さえ、どうやら細胞に組み込まれた記憶に頼っているようだ。

今後の研究課題は、細胞が記憶を獲得するメカニズムを解明し、病気を根本から治療する方法を探ることだ。

「病気の治癒に向けて画期的な一歩を踏み出したと言えるだろう」とエリック・ネスラー医師は言う。

ネスラー医師によると、現在の治療法は絆創膏《ばんそうこう》を貼ることと大差はないという。ただ症状に対処するだけで、根本から治療しているわけではないからだ。「この発見によって、異常な状態を根本から正常に戻す方法が見つかるかもしれない」と同医師は言う（注2）。

記事はこれに続けて、ネスラー医師をはじめ、スーザン・リンドキスト博士、ノーベル賞科学者のエリック・カンデル博士などの細胞生物学者たちによる発見を紹介している。その発見によると、細胞の中には、ある特定の遺伝子を使うための信号を出す化学マーカーがあるという。

ネズミを使った実験によると、母ネズミに体をなめてもらった子ネズミは、恐怖の感情を司る遺伝子の化学マーカーが変化し、生涯にわたって恐怖を感じることが少なくなったという。つまり幼少期に母親の愛を受けると、一生続く脳のプログラムが作られるということだ（注3）。愛は恐怖の解毒剤になるということ、そして愛も恐怖も細胞レベルの感情であるということが、科学的に証明されたのだ。

また、外側からの影響によって、何の問題もない細胞が「洗脳」されるということも明らかになった。「正常な細胞が再プログラムされることで、異常な成長をするようになる」と、先ほどの記事にも書かれている（注4）。

細胞記憶の力については、臓器移植を受けた人の体験談などから知っている人もいるかもしれない。たとえば、クレア・シルヴィアの例が有名だろう。彼女は自分の体験を『記憶する心臓』（角川書店）という本にも書いている。

シルヴィアは1988年、イェール・ニューヘイブン病院で心臓と肺の移植手術を受けた。その後、自分の性格が大きく変わったことに気づく。ダンサー兼振付師で、健康には特に気を使っていたのに、なぜか突然ケンタッキー・フライドチキンが無性に食べたくなったのだ。それに、手術前は鮮やかな赤やオレンジの服を好んで着ていたが、手術後はなぜか青や緑が好きになった。それに性格が攻撃的になった。以前の彼女なら考えられないことだ。

いろいろと調べてみた結果、どうやら彼女の新しい性格は、臓器提供者の性格だったようだ。この現象は、細胞記憶で説明できるだろう（注5）。


ウィスコンシン大学の研究者、ブルース・リプトン博士は、筋肉が衰える理由を探るために、筋肉細胞のクローンを作っていた。そのとき博士は、個々の筋肉細胞が、自分を取り巻く環境をどう「解釈」するかによって、反応したり、変化したりすることを突き止めた。実際の環境ではなく、**自分の解釈のほうに影響を受ける**のだ。

博士はさらに研究を重ね、人間も同じだということを発見した。私たちもまた、実際の環境ではなく、その環境をどう解釈するかということから影響を受け、反応したり、変化したりする。この「解釈」を別の言葉にするなら、「思い込み」になるだろう（注6）。

リプトン博士によると、ほぼすべての健康問題は、潜在意識の中にある間違った思い込みから生まれている。私自身も、この分野の研究についていろいろ調べてみた。その結果、リプトン博士の「潜在意識の思い込み」は、ネスラー医師の「細胞記憶」とまったく同じものだと確信するようになった。

この地球上に暮らすすべての人が、細胞記憶の影響を受けている。病気の人や、人生がうまくいっていない人だけではない。細胞記憶（または潜在意識の思い込み）は、いずれ必ず外側の現象として現れる。

ニューヨーク大学医学部のジョン・サーノ博士は、精神身体学の分野で画期的な発見をした。精神身体学とは、身体の不調と精神の関係を探る学問で、博士が主に研究していたのは腰痛だ（注7）。サーノ博士によると、**大人になってからの慢性的な痛みや病気は、悪い細胞記憶が原因になっている。**だからまず記憶を癒やせば、慢性的な痛みも自然に消えるという。

ストレスへの反応を決める「樽効果」

世界的に有名な小児アレルギー専門医のドリス・ラップ医師は、もう何年も前になるが、子供たちを助けるために、医学の主流派をあえて飛び出す選択をした。現在、世界中の多くの人たちが、ラップ医師のおかげで人生が変わったと感謝している。ベストセラーになった『子供のアレルギーを発見する（Is This Your Child?）』（日本では未訳）という本の中で、ラップ医師は**「樽効果」**という考え方を紹介している（注8）。

人生で経験するストレスは、すべて心の中にある樽に保存されていると考えてみよう。樽が満杯になっていないなら、新しいストレスが入ってきても大丈夫だ。誰かに怒られたり、何かが思い通りにいかなかったりしても、肉体も精神も適切に対処することができる。しかし樽が満杯になると、ほんの小さなストレスでも我慢できなくなってしまう――これが樽効果の仕組みだ。

たとえば、前の日にピーナッツを食べて、特に何事もなかったとしよう。それなのに今日になったら、一つ食べただけでアレルギー反応が出てしまった。昨日は大丈夫だったのに、これはいったいどういうことだろう？

答えは、「ピーナッツは原因であって原因でない」、となる。たしかにアレルギー反応を引き起こしたのはピーナッツだ。とはいえ、ストレスの樽がまだ満杯になっていなかったら、アレルギー反応は出なかっただろう。本当の原因は、ピーナッツではなく、ストレスだ（もっと正確に言えば、心の中にあるストレスの「種」だ）。昨日と今日で違うのは、あなたのストレスのレベルだけだ。

この樽効果という考え方は、肉体と精神の両方に当てはまる。子供のいる人なら、実際に経験があるだろう。たとえば2歳の子供に、もう遊びをやめておうちに帰りましょうと言ったとしよう。水曜日には素直に言うことを聞いたのに、日曜日になったら猛烈に嫌がってかんしゃくを起こす。

他の条件はすべて同じだ。同じ時間に、同じ公園で、かけた言葉もまったく同じ。子供の反応は、自分の中にあるストレスのレベルで決まる。ストレスの樽が満杯になると、その子の中では、公園を去ることがまるで命にかかわる脅威のように解釈されるのだ。つまり人間は、**ストレスの樽が満杯の状態では正常に機能しない仕組みになっている**。それなのに樽を満杯のままにしていると、心身にさまざまな問題が起こることになるのだ。

また、脅威を感じたときに分泌されるアドレナリンの量は、ストレスの大きさによって決まっている。ストレスが大きければ分泌量も多く、ストレスが小さければ少ない。そして**アドレナリンが多いほど、細胞の記憶がいつまでも鮮明に残る**ことになる。

人間の精神は、つねに経験に優先順位をつけている。最優先されるのは、やはり命にかかわる経験だ。**そして優先順位を決める基準は、記憶の中でも恐怖をベースにした記憶になる**。これを読めば、嫌なことばかり覚えている理由がよくわかるだろう。潜在意識が、役に立たないプログラムに占領されている状態だ。ストレスだらけの記憶が、今この瞬間も、あなたの人生をむしばんでいる。

ストレスの樽には、なんと前の世代の記憶も詰まっている。穏やかな子供時代を送り、大きなトラウマを経験しないで生きてきた人も、どういうわけか自分にまったく自信がなかったり、抑うつ状態だったり、健康問題を抱えていたり、依存症に苦しんでいたりする。私のクライアントの中にも、このカテゴリーに入る人がたくさんいた。そして原因を探っていくと、何世代も前に経験したトラウマの存在が明らかになる。

つまり、あなたに影響を与えている記憶は、あなた自身の記憶でさえないかもしれないということだ。世代を超えた記憶があるからこそ、ある家系に同じ思考や感情、パターンがくり返されたりするのだろう。しかし、たとえ原因が前の世代にあっても、現在苦しんでいる人からストレスを取り除けば、その人を癒やすことができる。

私のクライアントで、問題の原因は１００年以上も前の出来事だったことを突き止めた人がいる。彼女の家族の歴史を探ってみたところ、南北戦争のさなかに、彼女の曽祖母が目の前で夫と3人の息子を敵軍に殺され、自宅も焼失したという経験をしていたことがわかった。その女性の苦痛と悲しみはいかばかりのものだっただろうか。生涯にわたって大きなストレスを抱え、健康にも影響があったに違いない。

彼女はそのストレスの記憶と、記憶が生み出す症状を、子孫たちにも受け渡した。たとえ長い年月が流れ、そんな出来事がすっかり忘れ去られても、記憶はしっかりと受け継がれる。しかし、このストレスを癒やす方法がないわけではない。原因となっている過去の記憶がはっきりすれば、ストレスを根本から取り除くことができる。その方法についてはパート3で説明しよう。

ここまで紹介したような専門家たちの研究を比べてみると、みな同じことを言っているのがわかるだろう。あらゆる問題の原因は、潜在意識（または細胞記憶）にあるのだ。過去の記憶と関連するような何かが起こると、それが引き金となって、身体がストレス反応を起こすことになる。

「細胞記憶」はどうやって問題を引き起こすのか

人間の身体は7×10の27乗個の原子でできている。あなたの身体にあるそのすべての原子は、あなたの思考から影響を受けている。何か新しいことを考えるたびに、脳の中では新しい神経の通り道が作られる。ある出来事が、いつも同じ感情や思考を引き起こすというのは、その出来事を最初に経験したときに神経の通り道が確立されたからだ。**この神経**

の通り道が作り出すネットワークが、あなたの細胞記憶だ。同じことを経験するたびに、同じ記憶が呼び起こされる。

ここでの問題は、**ほとんどの反応が自動的に引き起こされる**ということだ。これまでの人生でいいお手本に恵まれ、健全に成長してきた人は、おそらく現在はとてもいい人生を送っているだろう。しかし、過去に経験した大きなトラウマがまだ癒えていない人は（自分自身のトラウマであっても、前の世代のトラウマであっても）、細胞記憶が引き起こすネガティブな経験にずっと悩まされているはずだ。

あなたの脳は、細胞記憶を基準にしてどう反応するかを決めている。ある状況に対処するとき、自分では一人の大人として理性的に対処していると思っているだろう。自分の頭で考え、決断を下していると信じている。しかし実際は、潜在意識が過去の記憶を探り、今、受けている刺激にいちばんマッチする記憶を引き出しているのだ。

研究によると、人間の知覚（視覚、嗅覚、触覚など）はほんの1秒で消えるという。つまり、1秒たってから感じていることは、実際の知覚とはまったく関係がなく、記憶の銀行から引き出したものを感じているということだ（注9）。昔から言われているように、「人は物事をありのままに見るのではなく、自分の解釈で見ている」ということだ（注10）。

潜在意識が見つけた記憶が幸せな記憶なら、目の前の刺激に対する反応もポジティブになる。逆にそれがつらい記憶だったら、怒りや恐怖で反応することになる。恐怖をベースにした記憶は、心にも身体にもネガティブな症状を引き起こす。

記憶の働きは携帯電話に似ていて、つねにメッセージを発したり受け取ったりしている。記憶から送られてきた恐怖のシグナルを視床下部が受け取ると、ストレス反応が引き起こされる。

そう、これがすべての問題の根源だ。「戦うか、それとも逃げるか」反応が発動し、視床下部がコルチゾールなどのストレスホルモンを大量に分泌する。すると人間の身体は苦痛と快楽のプログラミングに従って動くようになり、とにかく目の前の苦痛や恐怖からなんとしてでも逃れようとする。

脳の中では、理性的な思考を司る機能がシャットダウンされ、戦うか逃げるか以外の選択肢がまったく思いつかなくなる。そのストレスが、すべての問題の原因だ。病気になる、疲れる、頭が働かなくなる、ネガティブになる、失敗するなど、とにかくあらゆる種類のネガティブな症状を引き起こす。これで仕組みがわかっただろうか？

この仕組みは、顕在意識を使った意思決定や行動にとっても重要な意味を持っている。人が何らかの行動を起こすとき、「それをしよう」と決断する直前に、脳内で大量の化学物質が分泌される。その物質からの指令でどんな行動をとるかを決め、その瞬間にすでに身体の筋肉が動き出している——すべて、顕在意識が行動を決めるまでの、ほんの一瞬の出来事だ。

つまり、自分の意志で決めたと思っていても、実はあらかじめ存在するプログラムに従っていたということだ。ここでの顕在意識の役割は、無意識や潜在意識がすでに決めていたことに対して、あとからもっともらしい理由をつけることだけだ。「ナショナル・ジオグラフィック」誌は、この現象を「意図という幻想」と呼んでいる（注11）。

心配事のほとんどが起こらない理由

ここであなたに質問をしたい。あなたの頑固な思い込みは何だろう？

アメリカは、世界でも有数の豊かで恵まれた国だ。それなのに、多くのアメリカ人がお金の問題で大きなストレスを抱えている。それは、周りと自分を比べているからだ。お金の問題を抱えた人が相談に来ると、私はいつもこう質問する。「住む家はありますか？　食べるものはありますか？　電気は来ていますか？」。するとほぼ全員が「はい」と答える。

彼らはたいてい、絶対に起こらないことを心配している——それに、たとえ何か大きなものを失ったとしても、住む家と食べ物までなくなることはない。彼らのストレスの源は、心の中にある恐怖のプログラミングだ。そのプログラミングのせいで、他人と自分を比べ、特に命にかかわる危機ではないのに、大きなストレスを抱えることになる。

「苦痛と快楽のプログラミング」に抵抗できる人はめったにいない。意志の力は役に立たない。**意志の力が働く前に、すでに引き金は引かれているからだ。**

本当の治療とは記憶を癒やすこと

記憶を癒やさなければ、本当の意味で癒やされることはない――これは、心の問題だけでなく、身体の問題にも当てはまる。現在の状況で、何か気に入らないこと、満足できないことがあると、記憶の銀行の中から似たような経験と、その経験のためのプログラミングが引き出される。言い換えると、恐怖をベースにした記憶を、何度も何度も再現しているということだ。

自分の人生でいつも同じパターンだと思うことがあるのなら、その根源には記憶がある。恐怖をベースにしたプログラミングが、現在のあなたの状況を決めているのだ。

ここまで読んだ人なら、もう意志の力や一般的なセラピーに効果がない理由がよくわかっているだろう。それは、問題の根源を解決しないからだ。

ハードディスクにすみ着いているコンピューターウィルスを見つけ、ウィルスを駆除してプログラムを組み直さなければならない。そうすれば、もう恐怖のシグナルが送られてこなくなるので、免疫機能が正常になり、持っている力を発揮できるようになる。そして恐怖が消えて、愛、喜び、平安に置き換わると、身体が本来の機能を取り戻し、あらゆるポジティブな症状が現れるようになる。そのために必要なのは、言葉や意志の力ではない。その目的のために特別にデザインされ、実際に効果が証明されたツールが必要になる（注12）。

記憶の嘘を見抜く

細胞のマーカーを操作する方法については、まだ研究の段階だ。しかし嬉しいことに、科学の新発見を待たなくても、記憶の再プログラミングは今すぐにでも可能なのだ。

でも、ちょっと待った。過去にすでに起こってしまったことは、今さら変えられないのでは？　特に、自分の体験ではなく、何世代も前に起こったことだったら、もうどうしようもないのではないか？

潜在意識（または無意識）にとっては、過去も未来も存在しない。ただ現在があるだけだ。すべては目の前にあり、生《なま》の体験として今この瞬間に起こっている。たとえ過去の記憶でも、無意識にとっては現在のこととして認識されている。そのため、今この瞬間に、その記憶にアクセスすることができる。

問題の根源である記憶を探し当て、癒やす方法については、パート3で詳しく説明しよう。とりあえず今のところは、大まかな流れをつかんでもらいたい。仕組みをきちんと理解してから実践に移ろう。

記憶を癒やす最初のステップは、その記憶を作った出来事の本当の姿を理解することだ。恐怖を引き起こす記憶は、すべてもととなった出来事を間違って解釈して生まれている。一つの例外もなく、すべてそうだ。たとえば、ストレスや恐怖心の原因は母親の死だと思っていても、本当の原因は、母親が死んだら自分は立ち直れないという間違った思い込みにある。ガンと診断されたことが原因だと思っていても、本当の原因は、ガンになったら人生は終わりだという間違った思い込みだ。

過去の出来事がトラウマと呼べるレベルのものかどうかは、ここでは関係ない。大切なのは、記憶を癒やし、恐怖のシグナルが出ないようにすることだ。過去のつらい記憶から作られた嘘を見抜いて取り除き、代わりに真実を手に入れる。嘘を取り除けば、痛みもなくなる。指に刺さったとげを抜くのと同じだ。

ここで一つはっきりさせておきたいことがある。ある出来事の「すべての真実を理解する」といっても、できる範囲でかまわない。つまり、その出来事にまつわるすべての事実を集める必要はないということだ。

たいていの人は、出来事の真実を探ることができない。つらい記憶がよみがえり、「戦うか、それとも逃げるか」のショック状態になるからだ。そもそも記憶のほとんどは無意識の中に保存されているので、見つけるのは容易ではない。それでも、心配はいらない。無意識の記憶を癒やす方法もおいおい説明していこう。これもまた、意志の力が役に立たない理由の一つだ。無意識の記憶を癒やすには、無意識に働きかけなくてはならないからだ。このことについては第4章で詳しく説明する。

依存症も「細胞記憶」の問題である

最後にもう一つ、依存症の話もしておきたい。私の経験から言えば、人生で大きな問題を抱えている人は、一人の例外もなく、何らかの依存症になっているか、不健康な習慣がある。私はかなり昔から、アルコール依存症とドラッグ依存症の自助グループの活動にかかわっていて、実際にこのプログラムのおかげで回復した人もたくさん見ている。

とはいえ、多くの研究や調査によると、こういった自助グループの治療で一度は回復しても、その90パーセントから99パーセントはまた元の依存症に戻ってしまうという。その理由は、私が思うに、例の自己啓発の三つのステップを使って治療しているからだろう。

意志の力で依存症を克服することはできない。なぜなら、依存症もまた、「苦痛と快楽のプログラミング」に支配されているからだ。

依存症の仕組みを説明しよう。

最初のきっかけは、心の中にある何らかの苦痛だ。**苦痛の中には、快楽がないという状態も含まれる**（たとえば、退屈、何かが足りないという感覚など）。この内面の苦痛が恐怖の反応を引き起こし、体内でコルチゾールとアドレナリンが分泌され、ネガティブな感情が次から次へと生まれてくる。そこで苦痛と快楽のプログラミングが発動し、あらゆる手段を用いて、苦痛を避けて快楽を手に入れようとする。そこで依存症が格好の手段になるのだ。

依存症を解決する方法も、他の問題と同じだ。恐怖のプログラムを削除し、代わりに愛のプログラムを組み込めば、依存症は簡単に克服できる。再発することもない。愛の中に生きていると、体内ではまったく違うホルモンが分泌されるので、**苦痛が消え、喜びが大**

きくなる。言葉にできないようなすばらしい感覚だ。これは、症状を抑えたり、行動を変えたりする治療法ではない。問題の根源に直接働きかけている。

（注）

1 "Medical School Breakthrough," Dallas Morning News, September 12, 2004.

2 3 4 Sue Goetinck Ambrose, "A Cell Forgets," The Dallas Morning News, October 20, 2004, www.utsandiego.com/uniontrib/20041020/news_z1c20cell.html.

5 Paul Pearsall, Gary E. Schwartz, and Linda G. Russek, "Organ Transplants and Cellular Memories," Nexus 12:3 (April–May 2005), www.paulpearsall.com/info/press/3.html. See also Claire Sylvia, A Change of Heart (Warner Books, 1997). For more anecdotes from organ transplant recipients and the connection to cellular memory, see Paul Pearsall, The Heart's Code: Tapping the Wisdom and Power of Our Heart Energy (Broadway Books, 1998).

6 Bruce Lipton, "The Biology of Perception" (video), 2005, www.youtube.com/watch?v=jjj0xVM4x1I.

7 John E. Sarno, Healing Back Pain: The Mind-Body Connection (Grand Central Publishing, 1991), and The Divided Mind: The Epidemic of Mindbody Disorders (Harper Perennial, 2006).

8 Doris Rapp, Is This Your Child? (William Morrow, 1992), 62–63.

9 Your Brain, A User's Guide: 100 Things You Never Knew, National Geographic, special issue, 2012, p. 50.

10 11 この言葉の出典は、ユダヤ教の聖典のタルムードから作家のアナイス・ニンまで実に幅広い。しかし出典が何であれ、この言葉は今では科学的な事実と認められている。

12　余談だが、情報や指導がないと次のステップへいけないという人も中にはいる。キャリア、人間関係などでカウンセリングを受けるのはいいことだ――ただし、本人の中でその問題がウィルスに汚染されていなくて、ただ情報が必要な場合だけにかぎられる。

第3章　スピリチュアルを物理学で解明する

第2章でも見たように、身体の問題も、心の問題も、スピリットの問題も、すべて体中の細胞に保存された記憶が原因になっている。ここで特に大切なのは、人生で経験するすべての症状の原因になっているということだ。思考や感情だけでなく、はっきりした身体的な症状も含まれる。

問題は、骨や血液や組織ではない。物質ではなく、エネルギーの問題だ。アインシュタインが$E=mc^2$という有名な方程式で証明したように、すべての物質はエネルギーだ。この世に存在するすべてのものは、エネルギーのパターンでできている。

自然治癒の専門家のウィリアム・コリンジはこう言っている。「アインシュタインは、物理学を通して数千年前から賢人たちが言ってきたことを証明した。この物質世界に存在するものは、動くものも、動かないものも、すべてエネルギーでできていて、すべてのものがエネルギーを発している」（注1）。とはいえ私たちは、まだこの発見を人生で活用できていない。

たいていのアファメーションは役に立たない

スピリチュアルを活用して何かを達成しようとする人は、たいていアファメーション（ある言葉を唱えて意識を高めようとする方法・編集注）という手法を使うだろう。物質的なものでも、非物質的なものでも、あらゆる結果は思い込みから生まれるというのなら、その思い込みを変えればいい。

しかしこの方法は、とても重い岩を持ち上げるのに似ている。思いっ切り力を出せばできるかもしれないが、怪我をする危険も大いにある。

ある日のこと、私はある男性と一緒にいた。彼は近ごろお腹の調子がよくないらしく、あらゆる場所でアファメーションを実行していた。「私のお腹の問題はすでに消えた。お腹の問題は完全に癒やされた」と、何度もくり返していた。私はしばらく静観していたが、ついに口を開いて「その方法で治るのですか？」と尋ねた。彼は「ええ、本当に治ります」と答えた。それから3か月がたち、彼はまだ、例の「私のお腹の問題はすでに消えた。お腹の問題は完全に癒やされた」という言葉を唱えていた。

何年か前、カナダのウォータールー大学が、アファメーションの効果について実験を行った。アメリカでも、CNN、ABC、NBC、FOXなどのテレビニュース、それに各種新聞で大きく取り上げられた。

その実験によると、元から自尊心の高い人は、自尊心を高めるアファメーションによってさらに自尊心が高まったという。逆に自尊心の低い人は（被験者の大部分がこちら側だった）、ポジティブなアファメーションをくり返すことで、さらに自尊心が低くなってしまった（注2）。

なぜこんな結果になったのだろう。思い込みの力で何かを達成するとき、いちばん大切な要素は「真実」と「愛」だ。本物の結果を出したいなら、何よりもまず、嘘ではなく真実を信じる必要がある。そして愛にもいろいろあるように（たとえばアガペーとエロス）、真実にもいろいろある。

私が考える真実の分類は、**「プラシーボ」「ノーシーボ」**、そして**「デファクト」**だ。プラシーボの真実とは、ポジティブな嘘のことだ。薬のプラシーボと同じで、この嘘を信じれば一時的にはいい気分になれる。研究によると、薬のプラシーボは32パーセントの確率で効果が出て、効果の持続時間は一時的だ（注3）。

ノーシーボの真実とは、ネガティブな嘘のことだ。ネガティブな嘘を信じると、ポジティブな出来事が妨げられる。これは、第2章で見た、成功を妨げるプログラミングとだいたい同じようなものだ。

親しい友人で、映画『ザ・シークレット』の出演者の中で唯一の医師であるベン・ジョンソンが、以前にある患者の話をしてくれた。その患者は、父親も、祖父も、曾祖父も、みな40歳のときに心臓発作で亡くなっているという――これはかなり珍しいケースだ。その患者自身は、心臓はどこも悪くなかったが、それでも自分も40歳で死ぬと確信し、すっかりおびえていた。そして40歳になると、確信が現実になった。ところが検死解剖を行ったところ、彼の身体はどこも悪くなかったのだ。心臓は元気で、発作も起こしていない。他の病気もまったく見つからなかった。ノーシーボ効果で実際に死んでしまったのだ。

そして三つ目のデファクトの真実とは、物事のありのままの真実、または客観的な現実という意味だ。信じている内容がこれであるなら、アファメーションは１００パーセント成功する。

ここで一つ大事なことを指摘しておきたい。それは、プラシーボとノーシーボの真実は恐怖から生まれていて、デファクトの真実は愛から生まれているということだ。

アファメーションがうまくいかないのは、内容が嘘だからであり、そして愛の気持ちで行われないからだ。**ただ自分の利益だけを考え、恐怖から生まれたアファメーションなら、おそらく愛の気持ちで行われていないだろう。**

ここで、前に登場した「私のお腹の問題はすでに消えた」というアファメーションを例に考えてみよう。第一に、このアファメーションは本当のことではないが、言っている本人はこの状態になることを本当に望んでいる。しかしすでに見たように、この種の思い込みは本物の効果にはつながらない。

そして第二の問題は、愛の気持ちで行われているかどうかということだ。人の気持ちを断定することはできないが、少なくとも彼の中に恐怖の気持ちがあることはたしかだろう。恐怖は愛の対極にあり、利己主義とストレスを生む。そもそもお腹の具合が悪いのもそれが原因だろう。

私も以前、1年半ほどかけてアファメーションの効果を試してみたことがある。そのとき、医療の世界でストレスを測定する手法として使われている心拍数変動テストも併用した。その結果わかったのは、**アファメーションの内容を自分で信じていないと、それを口にしたときにストレスのレベルが急上昇する**ということだ。そして、そのストレスこそが問題の原因だ。つまり、ストレスが生んだ問題を解決しようとして、さらにストレスをためているのである。

アファメーションが成功するには、自分に正直になって愛の気持ちで行い、なおかつアファメーションの内容を本当に信じていなければならない。非現実的な希望と、絶対に本当だと心の底から信じていることはまったく違う。アファメーションの内容を本当に信じていれば、結果を出すことができるだろう。

最近の研究によって、本人がすでに信じていて、なおかつ本当のことなら、アファメーションに効果があることが証明されている（注4）。ここで大切なのは、アファメーションの内容が、三つの基準をすべて満たしているかということだ。三つの基準とは、愛から生まれていること、真実であること、そして本人が信じていることだ。ただ「アファメーション」と名前がついているからといって、効果があるわけではない。

本当の真実は、代数の問題を解くように見つけるものではない。むしろ、道に落ちている20ドル札を見つけるのと同じだ。心と頭を真実で満たし、そこに愛を加え、手に入れようとしている結果に執着しないようにすれば、いずれ本当の意味で信じられるようになる。目で見て、触れて、味わうことができる――とにかくわかるのだ！

潜在意識を汚染するウィルスを駆除しなければならないのは、それが完全な真実を信じるのを妨げている嘘だからだ。ウィルスを駆除すれば、真実をごく自然に取り込めるようになる。この新しいメカニズムが、あなたの良心だ。良心のプログラムは、完全な真実と愛に対応するために、つねにアップデートされている。

それでは、役に立たない思い込みを捨てて、本当の真実を見つけるにはどうすればいいのだろうか。

その方法は、実はとても簡単だ。それは「理解する」ことだ。プラシーボ、ノーシーボ、デファクトの違いは、本当の真実を理解しているか、それとも誤解しているかというところにある。私のクライアントにも、誤解している人がたくさんいた。真実を信じているけれど、人生で何の変化も起こらないというのなら、それは**十中八九、真実を誤解している**ことが原因だ。

欠けていたパズルのピースを見つけ、本当の真実が完成すると、あとはごく自然に信じられるようになる——そしてその結果、以前なら不可能だったような成功も可能になるのだ。私のクライアントたちも、ついに真実を理解すると、「ああ、なるほど」と言ったり、「やっとわかった」と言ったりする。そのとき、誰もが大きく息をして、顔には輝くようなほほえみが浮かんでいる。これが、本当の意味で「信じた」瞬間だ。デファクトの真実だ。

欲しいものを手に入れるには、愛と真実が必要だということは、実はほとんどの人がすでに知っている。正直であるのは正しくて、嘘は間違っているということは、本能的に知っている。他人を助けるのは正しくて、他人を傷つけるのは間違っているということもわかっている。むしろ、できることならすべてのことを愛と真実の気持ちで行いたいと思っているぐらいだ。それなのに、なぜ実践できていないのだろうか？

私自身も、人生の大部分で愛と真実を実践できていなかった。今でも完璧にできているわけではないが、以前よりもましになったことはたしかだ。そして、あなたにもそうなってもらいたい。この本を書いているのも、ひとえにそのためだ。

この本で紹介する「偉大なる原則」が生まれたのは今から25年前だ。以前はこの原則が世間で認められず、ずいぶんと攻撃もされてきた。しかし最近になって、科学の研究によって原則の正しさが証明されてきている。以前はまったくの異端だったのに、今は最先端の科学だ。

たとえば、主流派の医師たちの中にも、すべての物質はエネルギーであるという説を信じる人が出てきた。自身のテレビ番組を持っているドクター・オズことメフメット・オズ医師も、２００７年に、医学の次の大きなフロンティアはエネルギー医療になるだろうと言っている。

私自身は、この分野を単純に「スピリチュアル物理学」と呼んでいる。スピリチュアルと科学を融合させ、人生のあらゆる分野で本物の成功を手に入れる道を切り開いたからだ。この章では、プラシーボやノーシーボの思い込みを、デファクトの思い込みに変えなければならない理由を説明する。あなたもそれを読んで納得し、この25年の間に私のクライアントたちが起こしてきた奇跡をぜひ体験してもらいたい。

そもそも人間には、ネガティブな効果を生み出す機能はない

アインシュタインのE＝mc^2がすべてはエネルギーであることを証明しているなら、愛もまたエネルギーだということになる――そして、他のすべてのエネルギーと同じように独自の周波数がある。実際、愛と光は同じコインの裏と表だ。どちらもポジティブな癒やしの周波数を持っている。ただ光のほうが、愛よりも存在がわかりやすくなっているだけだ。

そして愛と光の対極にあるのが、恐怖と暗闇だ。この二つも同じコインの裏と表の関係にあり、暗闇のほうが恐怖よりも目に見えやすい。

私は医者を見つけると、いつもこの質問をしている。「精神、肉体、癒やしのシステムがすべて完全に調和し、つねに機能していたら、普通の生活をしている人が病気になることはあるのですか？」

これまでに200人以上の医師に尋ねてきたが、答えはすべて「ノー」だった。毒性の強いウィルスに感染した場合などは別だが、普通の生活をしていて、免疫機能と、精神と魂の癒やしのシステムが完全に機能していたら、病気になることはありえないのだ。

人体の癒やしのシステムについて、大切なことを二つ指摘しておこう。一つは、この癒やしのシステムは、肉体だけでなく、その人という人間のすべてを司っている。すべてとは、肉体と精神と魂のことだ。癒やしのシステムには、肉体を守る免疫機能だけでなく、怒り、悲しみ、恐怖、不安、心配などのネガティブな感情を癒やし、愛、喜び、平安を生み出す機能もある。

そしてもう一つの大切なこと。それは、ネガティブな症状（痛み、恐怖、病気、怒りなど）が現れるのは、実際にネガティブなものが存在するからではなく、ポジティブなものが存在しないからだ。

認知神経科学者のキャロライン・リーフ博士によると、**そもそも人間には、ネガティブな効果を生み出す機能は備わっていない**という。私たちの肉体も、精神も、魂も、健康、活力、免疫力といったポジティブな効果だけを生み出すようになっている（注5）。自然の状態でいれば、健康で幸せになるようになっている。

癒やしのシステムがつねに働かない理由は、たった一つしかない。**それは「恐怖」だ**。第1章でも見たように、恐怖がストレス反応を生むと、記憶の銀行から恐怖の周波数（またはシグナル）が脳の視床下部に向かって送り出され、ストレスのスイッチがオンになる（ストレス反応が恐怖反応とも呼ばれているのは、決して偶然ではない）。この反応は生存本能の一環であり、生き残るために必要な機能でもある。

怒りを感じるのは、自分が怖いと思っていることが起こっているからだ。不安になったり、心配したりするのは、恐れていることがこれから起こりそうだと思うからだ。悲しんだり落ち込んだりするのは、恐れていることがすでに起こってしまったからだ。もう取り返しがつかないと思い込み、無力感にさいなまれている。誰かや何かを許せないと思うのは、正しくないことが起こり、そのままずっと正しくない状態が続くと恐れているからだ。拒絶されたと感じるのは、誰かが自分を愛してくれない、受け入れてくれないと恐れているからだ――そして人間は、本能的に受け入れられることを求めている。

他にも例はいくらでもあげることができる。このように、人生で経験するネガティブな感情は、すべて恐怖と間違った思い込みから生まれているのだ。そして、すべての恐怖は、愛がない状態から生まれる。暗闇が光のない状態から生まれるように。

恐怖から生まれたネガティブな感情や思い込みは、癒やしのシステムの機能を低下させる。ときには完全に機能を停止させてしまうこともある。その状態が長引くと、いつか必ず病気になってしまうのだ。それと同時に幸福感が低下し、成功への道も閉ざされ、人生への満足感も失われてしまう。

それでは、どうすれば自分の中にある恐怖を消すことができるのだろうか？　その答えは「愛」だ。愛が恐怖の解毒剤になる。

高名な医師のバーニー・シーゲルは、著書の『奇跡的治癒とはなにか』(日本教文社)の中で、愛の力が奇跡の治癒を実現させた例を何度も目撃したと書いている。それは私も同じだ。そしてここで、物理学の出番になる。つまり、愛の周波数が、恐怖の周波数を完全に中和するということだ。ちなみに、古代ヘブライ語では、「治癒」という言葉は「光で目が見えなくなる」という意味で使われている。これもまた、愛と光と癒やしの関係を証明する事例の一つだ。

1952年、レスター・レヴェンソンという男性が重い病気に苦しんでいた。そして二度目の心臓発作を起こすと、もう助からないと医者にも見放され、家に帰って死を待つことになった。たとえ一歩でも歩いたら、それで終わりだ——医者からはそう警告されていた。

この恐ろしい言葉を聞いたレヴェンソンは危機感を覚え、必死になって治療法を探した。伝統的な医学ではもう助からないようなので、それ以外の方法も調べていった。そして彼は答えを見つけた。「愛」だ。レヴェンソンもまた、私と同じような「生まれ変わる啓示」を経験し、愛がすべての問題を解決すると悟ったのだ。

それから彼は、すべての人を愛し、すべてのものを愛するようになった。愛から生まれていないすべての思考と感情を手放した。その結果、病気は完全に治癒し、それから40年にわたって自分の発見したことを人々に教えてきた。彼の発見は、「セドナメソッド」と呼ばれている（注6）。

恐怖から生まれたネガティブな症状は、すべて愛の力で治癒することができる――心の問題だけでなく、身体の問題も同じだ。愛から生まれた思考、信念、記憶は、心身のストレスを取り除くことができる。

潜在意識が「見ている」もの

ここからは、スピリチュアル物理学の「スピリチュアル」に注目して見ていこう。何度も出てきたハート（潜在意識、または無意識）の概念を、ここでまた思い出してもらいたい。ハートは、人生のすべての問題が生まれる場所だ（第2章でも見たように、科学者たちはこれを**細胞記憶**と呼んでいる）。

古代ヘブライの教えによると、潜在意識には想像力が欠かせないという。そしてアインシュタインは、自分の最大の発見は、相対性理論でも、エネルギーでも、数式でもないと言っている。**想像力は知識よりも強力である**と発見したことが、彼にとっていちばん重要だった。アインシュタインの発見は、すべて想像力から生まれたからだ。

私のスピリチュアルの先生のラリー・ナピアも、最初に教えてくれたのは想像力だった。

すべてのものは、想像力によって実現する。たとえば建築物がそうだ。工事を始める前に、まず頭の中にできあがった建物の姿があるだろう。次に、想像の中の建物を図面に起こし、そこで初めて工事が始まる。ジーンズも、チョークも、カメラも、エジソンの電球も、アインシュタインの相対性理論も、すべて頭の中で想像されたものから始まっている。

地球上に存在するものは、すべて想像力から生まれた。そして人間なら、誰もが想像力を持っている。**自分の中にある想像力にアクセスすることが、すべての問題を解決するカギだ。**想像力さえあれば、すべての源であるハート（潜在意識）に直接アクセスし、そのメッセージを解読することができる。

それでは、治療法としては伝統的な西洋医学に分類されるのか、それとも代替医療なのか？　その答えは、「どちらでもない」だ。これはスピリチュアルに分類される。科学では完全に解明できないからだ。

科学はこれまでに、さまざまな人体の謎を解き明かしてきた。血液、ホルモン、臓器などのことなら、科学で説明できる。脳神経科学の研究で、思考の仕組みまでも解明されてきた。しかし、頭の中のイメージを見る仕組みについては、まだわかっていない。

私が思うに、おそらくその仕組みは、永遠に解明されないだろう。なぜなら、物質ではなく、スピリチュアルの領域にあるからだ。

ハーバード大学の神経外科医のエベン・アレグザンダーは、死の淵で人生を変えるビジョンを見た。

この臨死体験をする以前、アレグザンダー医師は、死後の世界も、スピリチュアルの領域も信じていなかった。どちらも科学で証明されていないからだ。しかしビジョンを見てからは、考えを180度転換し、『プルーフ・オブ・ヘヴン：脳神経外科医が見た死後の世界』（早川書房）というベストセラーを書いた（注7）。彼は全国放送のテレビにも登場し、自分の体験と科学との関連について説明している。

最近になり、スピリチュアルの存在が、最新科学によって証明されようとしている。脳神経科学者のアンドリュー・ニューバーグとマーク・ロバート・ウォルドマンは、*How God Changes Your Brain*（未邦訳）という本の中で、広範な調査と研究の結果、脳の機能と健康状態を向上させるいちばんの方法がわかったと書いている。それは、定期的な運動ではなく、祈ることだ。そして神、または霊的なものの存在を信じることだ。

二人の著者は、教会に通いなさいとか、そういうことを言っているのではない。彼らは脳神経科学者であり、科学的な調査や実験によって確認された証拠をもとに発言している。それに、祈りと神を信じることが、脳の機能と健康にもっとも大きな影響を与えるのなら、人生のあらゆる分野にももっとも大きな影響を与えるはずだ。脳の機能は、あなたのすべてを決めている。心臓も、血管も、ホルモンも、そしておそらくもっとも大切なストレスコントロール機能も、すべて脳が司っている（注8）。

ハート（潜在意識）はイメージを使って話す。人生で起こったことは、すべてイメージの形で保存される。ピアス・ハワード博士は『脳をすこし良くする本』（青土社）という本の中で、「すべてのデータはイメージの形で保存され、イメージの形で思い出される」と言っている。また脳神経科学の第一人者で、南カリフォルニア大学の脳と創造性研究所の所長を務めるアントニオ・ダマシオ博士は、「イメージのない思考は不可能だ」と言っている。

人は何かを思い出すとき、スクリーンに映し出された自分の記憶を見ているような状態になる。映画を観るのに似ているかもしれない。私はこのスクリーンを、「ハート・スクリーン」と呼んでいる。しかし、このイメージを作り出す想像力の存在も、イメージを映すスクリーンの存在も、科学や医学で特定できていない。それでも、これらが存在することはたしかだ。間違いなく存在するけれど、正体がわからない――つまり、スピリチュアルの領域に存在するということだ。

人のハートには、それこそ無数のイメージが保存されている。それを映すハート・スクリーンは、大きなコンピューターのデスクトップ画面のようになっている。それも、ＳＦ

映画に出てくるようなホログラフだ。

デスクトップのアイコンに触れるとファイルが開き、記憶が映像でよみがえってくる。恐怖のファイルが開いているときは、あなたの身体はストレスを感じている。そしてストレスに耐え切れなくなって鎖のいちばん弱い部分が切れると、実際にネガティブな症状として表に現れる。これは「弱いリンクの理論」と呼ばれ、私の知るかぎり、ほぼすべての医師がこの説を信じている。なぜなら、実際にそうなるからだ。

絶え間なくストレスにさらされていると、心と体のいちばん弱いリンクから耐えられずに壊れていく。妻のホープの場合は、それがうつ病という形で現れた。そして私の場合は逆流性食道炎だ。弱いリンクは人によって異なる。遺伝を含むさまざまな要素が関係しているからだ。

ここでハート・スクリーンの仕組みを説明しよう。自宅で机の引き出しを開けたときのことだ。ホープは中を見ると、恐ろしい叫び声を上げた。私も同じものを見たが、ただ少し笑っただけだった。引き出しの中にはゴムでできたヘビが入っていた。息子のハリーのおもちゃだ。その同じ日、ホープが何かを見て「あら、きれい」と言った。私は同じものを見て泣き出した。私たちが見たのはバラの花だ。私が最後に見たバラの花は、母の棺の上に載っていた。

どちらのケースも、ホープと私は、まったく同じときにまったく同じものを見ているが、反応は180度違った。その理由は、頭の中に浮かんだイメージがまったく違っていたからだ。

ここでの問題は、**およそ99パーセントの人にとって、ハート・スクリーンに映っていることの99パーセントがまったくわかっていない**ということだ。

スピリチュアル物理学の物理の部分によると、スクリーンに恐怖が映し出されるときは、一緒に暗闇も映し出されていることになる。

ホープも私も、同じゴム製のヘビを見た。そのとき、ホープのハート・スクリーンにはネガティブなイメージが映し出された。そして、スクリーンに恐怖と暗闇が広がった。しかし、私は違った。私のハート・スクリーンは愛と光を映し出していた。ハリーがそのヘビで遊ぶところを想像し、楽しい気分になっていた。

次にバラを見たときは、私のハート・スクリーンにたくさんのイメージが浮かんできた。生前の母の思い出には愛が伴い、母の死の思い出には恐怖が伴う。光と暗闇が共存している。そのため、一言では言い表せない感情が湧き上がってきた。

ハート・スクリーンに映っているイメージが、そのまま身体の反応を決めている。たとえば、ハート・スクリーンに恐怖が映し出されたら、汗をかく、胸が締めつけられる、頭痛がするといった身体的な症状が出る。そうなったら、身体の反応ばかりに気をとられてはいけない。問題の根源は、ハート・スクリーンに映ったイメージのほうだ。頭痛がつらいなら薬を飲んでもかまわない。でもそこで終わりにしないで、問題の根源も探らなければならない。根源を治療すれば、明日も同じ理由で頭痛薬を飲むことはなくなるだろう。

ハート・スクリーンに映るイメージの大部分は、プログラミングによって決められている。ホープの場合、成長の過程で「いい子でいなければならない」「みんなの期待に応えなければいけない」というプログラムが組まれていった。もし何かが完璧にできなかったりすると、悪い子になってしまう。

この「いい子でいなければならない」という思い込みのせいで、彼女はいつも無理をしていた。本当の自分を押し殺していた。そして何十年もの間、そのプログラミングがハート・スクリーンに恐怖と暗闇を映してきた。彼女はつねにストレスにさらされ、そしてついにいちばん弱い鎖が切れてうつ病になった。

それから12年間は、何をしてもうつ病は治らなかった。記憶が問題を生んでいるということを知らなかったからだ。そのため、同じ状況になるたびに、同じ恐怖から生まれたイメージが映し出される。不安にさいなまれ、おびえていた。

これは前にも言ったことだが、大切なことなのでもう一度言おう。どんな人でも、悪いプログラミングを抱えている。完璧な人はいないからだ。人間の脳には、アルファ、ベータ、ガンマ、デルタ、シータの五つの状態がある。生まれてから6歳までの間は、デルタとシータの状態だ。デルタとシータの状態の脳は、入ってくる情報をフィルタリングすることができない。

たとえば、5歳の子供が、子供用の野球用具を使ってお父さんと遊んでいるとしよう。子供はバットでボールを打とうとするが、空振りした。それを見たお父さんは、笑いながらこう言った。**「そんなスウィングじゃ、野球選手には絶対になれないな」**

5歳児の脳は、その言葉をフィルターではじくことができない。そうやって、「自分は野球選手になれない」というプログラミングができあがる。6歳までにこうやって埋め込まれた記憶は、削除するのがとても難しい。研究によると、子供の場合、ネガティブな思い込みを中和するには、その10倍のポジティブな言葉をかけることが必要になるという。それなのに、たいていの親は、一つのポジティブに対して10のネガティブを子供に与えているのだ！　さあ、これで恐怖をベースにしたプログラミングのできあがりだ。

仮に何かの奇跡が起こり、すべての人がいつでも愛と真実をベースに行動したとしても、まだ前の世代から受け継いだ悪いプログラミングが存在する。どんな人にも悪いプログラミングはある。そして、そのプログラミングを修正するカギを握るのがハート・スクリーンだ。

また、あなたの中にあるハート・スクリーンは、周りにいるすべての人のハート・スクリーンとつながっている。親しい人が相手なら、つながりは特に強い。これはたとえるなら、人間のＷｉ－Ｆｉネットワークのようなもので、誰もがエネルギーの周波数を送り出し、受け取っている。

エネルギーは絶対に消滅しない。ただ形を変えるだけだ。真っ暗な部屋で電気のスイッチを入れると、一瞬で部屋の隅々まで明るくなる。暗闇はどこへ行ってしまったのだろう？　ここでの正しい答えは、「もう暗闇は存在しない」だ。暗闇の定義は、単純に光の不在だ。だから光が存在するなら、暗闇は存在しないことになる。

愛と恐怖の関係もそれと同じ仕組みだ。恐怖のあるところに愛を注ぎ込めば、恐怖はもう存在しなくなる。いまいち納得できないと感じるなら、それは人間の感情を物理の法則で語ることに慣れていないからだ。しかし、ここで思い出してもらいたい。スピリチュアルと物理の融合は、１９０５年にアインシュタインがすでに予言していた。

大きなパラダイムの変換が起こると、古いパラダイムで成功していた人たちは、新しいパラダイムを拒絶する。たとえば、ライト兄弟が「空飛ぶ機械」の発明に取り組んでいるとき、鉄道で成功している人たちは笑って相手にしなかった。ライト兄弟自身は、鉄道会社に飛行機を売るつもりだったが、彼らは「鉄道に代わるものなどない」と言って拒否した。

あのとき鉄道会社が新しいパラダイムを受け入れていれば、かつてのボルチモア・アンド・オハイオ鉄道が、今では航空会社として生き残っていたかもしれない。しかし、そうはならなかった。せっかく新しいパラダイムに移行するチャンスがあったのに、古いパラダイムにしがみつき、そのせいで衰退していった。

健康、癒やし、成功の世界でも、新しいパラダイムが出現してきている。前の世紀にすでに予言され、それが今、現実になってきた。あなたは古いパラダイムにしがみついているだろうか？　それとも、新しいパラダイムへ移行するだろうか？

新しいパラダイムは、これから出現するのではない。むしろすでに存在している。2013年には、エネルギー医療の研究会議が教育機関として正式に認められ、税金控除の対象になった（注9）。また、エネルギー療法を用いたカウンセリングとセラピーが、アメリカ心理学会によって初めて承認されそうなところまできている。ほんの20年前までは、鼻で笑われ、まったく相手にされていなかった分野だというのに。流れが変わったきっかけは、無視できないほどの証拠が集まったことだ。従来のセラピーに比べ、治療期間がはるかに短く、効果も大きく、それに副作用もない。

スポーツの世界も、この新しい動きに注目している。2014年1月、フットボール・コーチのジェームズ・フランクリンは、名門のペンシルベニア州立大学と3700万ドルの契約を結んだ。ヴァンダービルト大学の弱小チームを、100年ぶりに勝てるチームに変えた手腕を買われての抜擢だった。

フランクリンは人気テレビ番組に出演し、コーチとしての成功の秘訣についてインタビューを受けた。彼の答えは、控えめに言ってもかなり変わった内容だった。たとえば、チームの目標は特に決めないと答えたのだ。スポーツの指導では、目標を決めるのは当たり前だと考えられていて、たいていのコーチが目標設定を重視している。しかし彼が重視していたのは、いつも目の前の瞬間だけに集中することと、お互いの信頼関係だ。外側の目標ではなく、精神の目標を決める。そうすることでフランクリンは、他に例のない成功を達成してきた。しかも彼のチームの選手は、能力も体格も劣っているほうだった。

このアプローチを採用したコーチは、ジェームズ・フランクリンが最初ではない。たとえば、アラバマ大学フットボール・コーチのニック・サバン（全国優勝4回）や、ニューイングランド・ペイトリオッツのヘッドコーチのビル・ベリチック（スーパーボウル優勝4回）も、点数や勝ちにこだわるのではなく、**今この瞬間に最高の力を出すことだけに集中するように指導している**。これはまさに、偉大なる原則の神髄だ。

人類は数千年も前から、ハート（潜在意識）がすべての問題の根源であることを知っていた。それなのに、物質と精神を分けて考える古いパラダイムに縛られていたために、スピリチュアルの知識を肉体に応用することができずにいたのだ。ハートの問題は、メスで切り取ることはできない。薬で症状を抑えることもできない。ハートの問題が重要であることはよく理解していても、その知識を医療に生かしてはこなかったのだ。それに、成功法則にも生かしてこなかった。

「スピリチュアル物理学」のパラダイムでは、物質と精神が完全に調和している。むしろ本物の科学は、いつでもスピリチュアルと調和していた。ハートが人生で起こるすべての問題の根源なら、根源を癒やすことができるツールはエネルギーしかないだろう。なぜなら、ハートの問題（つまり記憶）は、エネルギーでできているからだ。

この新しいパラダイムに抵抗してはいけない。ついに問題の根本的な原因を見つけることができただけでなく、完全に治癒する方法も見つかったのだから。

成功を実現するために必要なのは、問題に注目することでもなければ、問題を無視することでもない。どちらの方法も、問題をさらに大きくするだけだ。真の解決策は、暗闇、恐怖、嘘を取り除き、光、愛、真実と置き換えること――これ以外の解決策は存在しない！

ガンジーはこの真実を知っていた。「歴史を振り返ると、いつも真実と愛が勝ってきた」

と彼は言った。すべての偉大な精神の指導者は、みなこの真実を知っている。長い目で見れば、必ずこうなる。

愛は絶対に失敗しない！

恐怖は絶対に成功しない！

さあ、あとはあなた次第だ。あなたはどちらを選ぶだろう？「細胞記憶」と、「スピリチュアル物理学」という二つの知識を身につけたあなたは、すでに偉大なる原則と、意志の力を超えた人生の基礎を学んだことになる。パート2では、原則を実際に活用し、あなたの成功につなげる方法を見ていこう。

（注）

1 William Collinge, Subtle Energy（Warner Books, 1998）, 2-3. Quoted in Donna Eden（with David Feinstein）, Energy Medicine（Tarcher/Penguin, 2008）, 26.

2 Joanne V. Wood, W.Q. Elaine Perunovic, and John W. Lee, "Positive Self-Statements: Power for Some, Peril for Others," Psychological Science 20, 7（2009）: 860–866. Alex Loyd and Ben Jonson, The Healing Code（Hachette, 2011）, 177.

3 ハーバード大学医学部のアーヴィン・キルシュ博士は、「プラシーボと本物の抗うつ剤の効果を比べたところ、ほとんどの被験者で違いは最小限にとどまった」と言っている。博士によると、これは抗うつ剤に効果がないからではなく、効き目の源が、薬の科学的な成分ではなく、プラシーボ効果（この薬は効くというポジティブな嘘を信じることから生まれる力）にあるからだという。また博士は、過敏性腸症候群、反復運動過多損傷、潰瘍、パーキンソン病などでも、同じようにプラシーボ効果があることを確認した。慢性的な膝の痛みでさえ効果があるという。"Treating Depression: Is There a Placebo Effect?" 60 Minutes, February 19, 2012, http://www.cbsnews.com/news/treating-depression-is-there-a-placebo-effect/.

4 イェール大学とコロラド大学が行った二つの調査によると、アファメーションは、性別や人種による学業成績の差を埋める効果はあるという。自分についてポジティブな真実を宣言すれば、たしかにパフォーマンスは向上するだろう。特にそれまで、恐怖やストレスの状態にあったのなら効果は大きい。Geoffrey L. Cohen et al. "Reducing the Racial Achievement Gap: A Social-Psychological Intervention," Science 313, 5791 (2006): 1307–1310; and A. Miyake et al. "Reducing the Gender Achievement Gap in College Science: A Classroom Study of Values Affirmation," Science 330, 6008 (2010): 1234–1237を参照。

5 Caroline Leaf, Who Switched Off My Brain? Controlling Toxic Thoughts and Emotions (Thomas Nelson, 2009).

6 "About Lester," Lester Levenson website, www.lesterlevenson.org/about-lester.php. Levenson's student, Hale Dwoskin, developed a process called the Sedona Method. See his book The Sedona Method: Your Key to Lasting Happiness, Success, Peace and Emotional Well-Being (Sedona Press, 2007).

7 Eben Alexander, Proof of Heaven: A Neurosurgeon's Journey into the Afterlife (Simon & Schuster, 2012).

8 Diane Cameron, "Dose of 'Vitamin G' Can Keep You Healthy," The Denver Post, May 4, 2009, http://www.denverpost.com/search/ci_12281410. 最初の著作である『奇跡を呼ぶヒーリングコード』を出版したとき、神やスピリチュアルを健康と結びつけたために批判を受けることもあった。何かの宗教を広める意図があるのではないかとも言われたが、そんなことはない。しかし、他の意図ならある。それは、すべての人が健康で幸せになることだ。この文脈で「神」という言葉を使っているのは、神、愛とつながることが、成功と健康を手に入れるいちばん重要なカギだというたしかな証拠を、実際にこの目で見てきたからだ。そして最近になって、科学的な証拠も飛躍的に増えてきている。

9 The conference was the Association for Comprehensive Energy Psychology. Paula E. Hartman-Stein, "Supporters Say Results Show Energy Psychology Works," The National Psychologist, July 24, 2013, http://nationalpsychologist.com/2013/07/supporters-say-results-show-energy-psychology-works/102138.html.

PART 2

あなたの潜在意識をポジティブに変える方法

第4章　あなたの潜在意識を変える三つのツール

このパート2では、「偉大なる原則」を活用する方法を二つ学ぶことになる。一つは、あなたを再プログラミングするための**「三つのツール」**で、もう一つは、ストレス目標ではなく**成功目標**を設定するという方法だ。

私たち人間は、肉体、精神、スピリチュアルという三つの次元でできている。人生で成功したいのなら、すべての次元の問題を解決し、三つとも健康で、完全に調和していなければならない。

それを実現するのが、私が発見した「三つのツール」だ。25年にわたって活用してきているので、効果は実証されている。**エネルギーのパターンを変える肉体のための「エネルギー療法」**、**精神のための「プログラムを組み直す魔法の言葉」**、そして**スピリチュアル（潜在意識）のための「ハート・スクリーン」**の三つのツールだ。

ここで言う「肉体」とは、人間の生理機能のすべてを指している。光と暗闇の周波数から、原子、分子、細胞まで、とにかくすべてだ。「精神」には、顕在意識、意志、感情（または魂）が含まれる。そして「スピリチュアル」は、無意識、潜在意識、良心、そしてスピリットだ。

すべてのものはエネルギーでできているので、ある一つの次元（たとえば感情）を改善すると、他の二つの次元も影響を受ける。エネルギーの性質上、そうなっているからだ。たとえばエネルギー療法は、肉体の問題を解決するだけでなく、むしろ身体の機能に直接働きかけ、三つの次元のすべてを癒やす力を生み出しているのだ。それだけでなく、周りの状況を変える力もある。

ずいぶん大げさなことを言うと思っているかもしれないが、三つのツールにはそれだけ大きな力があるということだ。私はこれまでに、三つのツールに効果がなかった例を一度も見たことがない。三つのツールを使ったすべてのクライアントが、成功を実現している。

ここで一つ注意がある。この本で紹介している方法は一つの提案であって、絶対的な規則ではない。自分なりに工夫して、いちばんやりやすい方法を見つけてもらいたい。私自身、クライアントに教えるときは、相手の性格や置かれた状況、問題の中身に合わせて「カスタマイズ」することが多い。

残念ながら、読者のみなさんには、そうやって一人ひとりカスタマイズすることはできない。そのためここでは、どんな人や状況でも効果が出るような、一般的な方法を紹介している。この方法も何度もテストをくり返したので、効果は保証できる。それでも、もし自分には合わないと感じたら、自由にカスタマイズしてもらってかまわない。

この三つのツールは、一つずつ使っても大きな効果を発揮するが、やはり一つの次元にしか働きかけていないので、効果は長続きしないかもしれないし、また完全な解決にはならないかもしれない。多くのテクニックが安定した結果につながらないのも、おそらくこれが原因だ。

人生の問題を根本から解決したいのなら、三つのツールすべてを使ってもらいたい。この本を書いた主な理由の一つは、あなたに必要なツールをすべて教え、今度こそ問題を完全に解決してもらいたかったからだ。

とはいえ、ツールを使っているうちに、自分に向いているものと向いていないものがあることに気づくこともあるだろう。それはそれでかまわない。自分なりに工夫し、ベストの結果を出す組み合わせを見つけてもらいたい。

ツール1　エネルギーのパターンを変える「エネルギー療法」

私の経験から言えば、このエネルギー療法がいちばん強力なツールだ。それも、始めてすぐに効果が現れる。身体の特定の部分にエネルギーを注入して、症状や問題を癒やすという方法だ。

エネルギー療法は、少なくとも15年ほどの間、医学界でホットな話題になっていて、毎日のように新しい活用方法が発見されている。主流派の医師たちも、エネルギーの知識を医療に生かせば、想像もしていなかったような大発見につながるかもしれないと信じるようになった。おそらく、どんどん増えていく科学的な証拠を無視できなくなったのだろう。

この分野の古典である『エネルギー・メディスン』（ナチュラルスピリット）を書いたドナ・イーデンは、現代医学ではまったく歯が立たなかった病気が、エネルギーを使った治療で完治した例をいくつも紹介している。30年以上にわたって世界各地でヒーリングと教育を行ってきたイーデンは、エネルギーが気管支炎で死にかけた人を救い、発作で停止した心臓の心拍をよみがえらせ、精神障害を治療するのをはじめ、奇跡のような出来事を数え切れないほど目撃してきた（注1）。

そして去年、私は初めて、ジークムント・フロイトも私と同じようなテクニックを使って治療を行っていたことを知った。そう、オーストリア人の精神科医で、サイコセラピーやカウンセリングの父と呼ばれている、あのフロイトだ。

信じられないかもしれないが、フロイトは、一般的な治療法で効果が出ないときは、いつもエネルギー療法に頼っていた。「この方法でうまくいかなかったことはめったにない」と、フロイト自身も書いている（注2）。ある意味で彼は、非物質的なものが物質的なものを変えるということを、世界で最初に指摘した人物と言えるかもしれない。

私がここで紹介するエネルギー療法も、フロイトが実際に治療に使った「患者の頭に手をかざす」というテクニックを使っているが、それ以外にもあと二つ紹介している。三つを組み合わせたほうが効果が大きくなるからだ。

エネルギー療法は、魔術や魔法ではないし、スピリチュアルとも関係ない。むしろ物理学の領域だ。１９０５年、アインシュタインは、すべてのものはエネルギーだと提唱した。言い換えると、人体のすべての細胞は電気エネルギーで動いているということでもある。そしてすべての細胞には、ミトコンドリアという発電所のようなものが備わっている。

ポジティブなエネルギーがたくさんある細胞は、健康な細胞だ。そしてエネルギーの少ない細胞、またはネガティブなエネルギーがたくさんある細胞は不健康になる。細胞のエネルギーの状態は、ＣＴスキャンやＭＲＩなどを使えば実際に調べることができる。

「エネルギー療法」の仕組み

エネルギー療法の仕組みはとても単純だ。肉体の中にあるものは、すべてエネルギーで動いている。すべての細胞、すべての思考、すべての感情が、エネルギーで動いている。また、エネルギーはつねに身体から外に放出されていて、特に手から多くのエネルギーが出ている（注3）。

手を身体のどこかに当てると、癒やしのエネルギーをその部分に送ることができる。より有効なエネルギーを送れば、癒やしの効果も大きくなる。人間の問題は、根源をたどるとすべてエネルギーのパターンに行き着く。そして物理の法則によると、エネルギーのパターンは、他のエネルギーによって変えることができる。

ポジション1　ハートのポジション

これは身体にエネルギーを送るポジションの一つだ。ハートのポジションでは、まず片手（右手でも左手でもいい）の手のひらを胸の上のほうに当て、その上にもう片方の手をのせる。

●ハートのポジション●

やり方は二通りある。手を当てて、1分から3分間そのままの姿勢でいるか（フロイトはこちらのやり方だった）、または手を重ねたまま円を描くように回すという方法だ。回転方向は、時計回りでも、反時計回りでもかまわない。肌をこするように回すのではなく、肌が骨の上で優しく回るように回転させ、およそ15秒ごとに回転方向を変える。これを1分から3分続ける。

私の経験から言えば、回転させる方法のほうが、手を添えるだけの方法よりも2倍ほど効果が大きくなる。実際の治療でも、回転を使うことのほうが圧倒的に多い。

このポジションは、心臓と胸腺にエネルギーを注ぎ、免疫力を高める効果がある。胸腺は全身のホルモンの働きを司っているので、免疫機能には欠かせない部分だ。実際、医師の中には、胸腺こそが免疫機能だと言う人もいる。現在、胸腺を活性化させると、ガンやその他の病気の治癒につながるかどうかを調べる研究が行われている。

胸の部分には、胸腺の他にも心臓がある。実は心臓の電磁場は、脳の電磁場の50倍から100倍も強い。脳を含む中枢神経系が人体のコントロールセンターだとするなら、心血管システムはもっとも大切な伝達機能を担っていると言えるだろう。中枢神経系が決めた周波数に共鳴しているのだ。

つまり、中枢神経系、脳、ホルモン分泌システム、そして心血管システムが、物質的な部分も、精神や魂などの非物質的な部分も含めて、人体のすべてをコントロールしているということだ。ハートのポジションでは、このいちばん大切な部分にエネルギーを送り込むことができる。

ポジション2　おでこのポジション

おでこのポジションでは、まず片方の手のひらをおでこに当てる。右手でも左手でもいい。手を置く位置は、小指が眉毛のすぐ下に来るようにする。もう片方の手を上に重ねる。ここでも同じように、1分から3分間そのまま手を動かさずにじっとしているか、または骨の上で皮膚を動かすように手を回転させる。10秒から15秒ごとに回転の方向を変えなが

●おでこのポジション●

ら、1分から3分続ける。手を回さなくても、左右に動かすだけでもいい。とはいえ私の経験では、回す方法がいちばん早く効果が出るようだ。

フロイトが治療で使ったのもこのポジションだった。彼の場合は、自分の手を患者のおでこに当てていた。このテクニックは、ハートのポジションと、あとで説明する頭頂部のポジションと組み合わせるとさらに効果が大きくなる（フロイトはこの組み合わせは使わなかった）。

おでこにエネルギーを注ぎ込むと、もっとも大切な肉体の機能のいくつかを刺激することになる。何よりも、脳全体を刺激することになるのだ。新しい理性の脳と、古い本能の脳だけでなく、右脳と左脳も刺激される。

神経心理学者のロジャー・スペリーが19

●頭頂部のポジション●

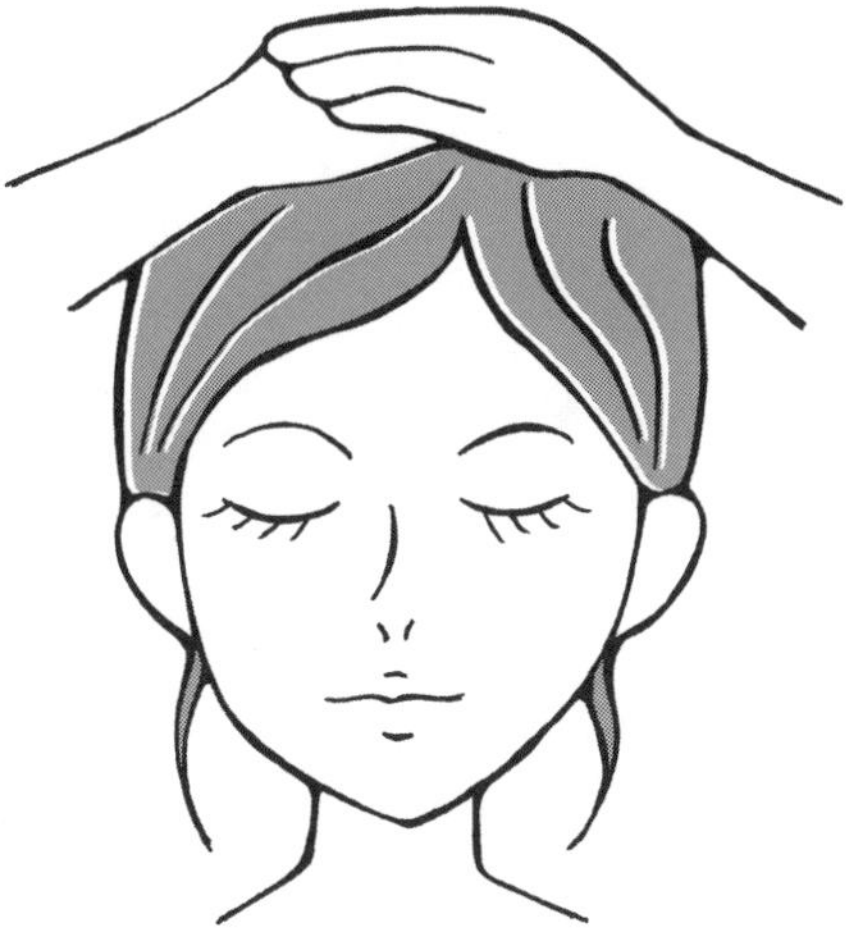

72年に行った実験によると、右脳は大脳辺縁系と網様体を含み、知恵、意味、感情、信念、行動、イメージを司る。そして左脳は、言葉、理論、理性だけを司る（つまり行動や意味づけは含まれない）。スペリーはこの実験で後にノーベル賞を受賞した。

また、おでこのポジションをとると、第三の目（サードアイ）のチャクラにもエネルギーを注ぐことになる。ここは人体でもっとも強力なエネルギーセンターの一つだ。

ポジション3　頭頂部のポジション

頭頂部のポジションでは、片方の手（右手でも左手でもかまわない）を頭の上にのせ、もう片方の手をその上にのせる。どちらの手も手のひらを下にする。このポジションは、おでこのポジションと同じ精神のメカニズムを刺激するだけでなく（角度が違うだけだ）、脊柱と、椎骨と、頭頂部のクラウンチャクラも刺激している。ここもまた、エネルギー療法において重要な場所であり、スピリチュアルの領域とのつながりを司っている。

このように、エネルギー療法は、肉体、精神、スピリチュアルの三つの側面すべてに働きかける手法だ。ハート、おでこ、頭頂部の三つの場所にエネルギーを注ぎ込むと、実際にコントロールセンターの血流がよくなって、機能も高まる。すべての細胞、すべての思考、すべての感情、すべての信念が活性化し、ハート、サードアイ、クラウンチャクラという、人間の体でもっとも重要な場所にエネルギーが注がれる。

つまり、人生のすべてをコントロールする仕組みを活性化し、より大きなパワーを送っているということだ。肉体も精神も、顕在意識も無意識も、身体の内面も外側も、健康も、人間関係も、豊かさも、すべてがここから生まれてくる……。

「エネルギー療法」のツールで不安を解消する

エネルギー療法のツールは二つの使い道がある。一つは、不安、頭痛、痛み、何らかのネガティブな感情などに悩まされているときに使うという方法だ。使い方を説明しよう。

(1)　最初に、自分を悩ませている問題を一つ選び、問題の大きさに応じてレベル0からレベル10で点数をつける

問題は他にもあるかもしれないが、ここで扱うのは一つの問題だけだ。いちばん大きな問題を選ぶのが理想的。たとえば、選んだ問題の大きさがレベル7だとしよう――人生最悪というわけではないが、それでもかなり大きな問題だ（点数がつけられないという人も心配はいらない。ただ自分を悩ませているかどうかがわかればいい）。

(2)　目を閉じてリラックスする。ステップ(1)で選んだ問題が癒えることを心から願い、シンプルな祈りの言葉を唱える

アファメーションについて話したところでも指摘したことだが、この祈りは真実と愛から生まれたものでなければならない。今の時点で本当ではないことや、他の誰かを犠牲にするようなことを願ってはいけない。自分の問題が癒やされることを心から願うこと。すでに癒やされたふりをしたりするのは逆効果だ。

たとえば、何か仕事でしなければならないことに対して不安があるなら、こんなふうに祈る。**「この不安の原因になっているものが何であれ、それが完全に癒やされることを望みます。この不安から解放され、仕事の能力が向上することを望みます。そしてそうなる**

ことが、すべての人にとってプラスになりますように」

問題は不安でなくても、怒りでも、腹痛でも、とにかく自分を悩ませているものなら何でもいい。

(3) ハートのポジションから始める

胸の上で手を重ねてハートのポジションをとり、選んだ問題に意識を集中する。ただし、問題を変えようとしてはいけない。ただありのままを観察する。または、ただリラックスして、愛と光を連想させるようなポジティブなイメージを思い浮かべる。最高で、正しいと思えるものに意識を集中する。

個人的には、問題そのものに意識を集中し、問題が溶けて消えていくのを感じるのが好きだ。たとえば不安が問題なら、折にふれて不安のイメージをハート・スクリーンに映し出して、何か変化があったか静かな心で観察する。

(4) ポジションのままで静止するか、または手を回して骨の上で皮膚を動かす。回転の向きは左右どちらでもいい。10秒から15秒ごとに回転の方向を変える

回転を加えたほうが、ツールの効き目が早くなる。とはいえ何らかの事情で回転ができない人、または疲れている場合などは、止まっていてもかまわない。回転を加えなくても、効果は同じように出る。これは、どのポジションでも同様である。

(5)　同じポジションを1分から3分保持する

厳密に1分から3分でなくてもかまわない。長さはそれぞれが自由に決めてもらいたい。とはいえ、最初は1分にすることをおすすめする。最初からあまり長くすると、癒やしの副作用が出ることもあるからだ。副作用は頭痛などのネガティブな症状で、だいたい10パーセントほどの人が経験する。もし何か不快な症状が出たら、すぐに次のポジションに移ろう。

(6)　時間が来たら次のポジションに移る。おでこのポジションだ

両手をおでこに当ててておでこのポジションをとる。できる人は手を回し、10秒から15秒ごとに回転の方向を変える。時間はそれぞれが好きな長さでかまわない。ただ自分の状態を観察するだけで、何かを起こそうとしてはいけない。このポジションをさらに1分から3分続ける。手を回転させるときは、必ず方向を変えなければいけないというわけではない。ここでの決まりは、自分が心地いい方法でやるということだけだ。

(7)　時間が来たら、次のポジションに移る。最後の頭頂部のポジションだ

両手を頭の上にのせて頭頂部のポジションをとる。その後の手順は、前の二つのポジションと同じだ。手を回転させる、10秒から15秒で回転の方向を変える。1分から3分続け、自分の問題を静かに観察する。

(8) 三つのポジションを、問題のレベルが1未満になるまで、1日に2回から3回くり返す。レベル1未満とは、まったく気にならないレベルということだ

1回のセッションで三つのポジションを何度くり返してもかまわない。1度におよそ10分のセッションを1日に1回から2回行うことを推奨する。1回のセッションでも、多くの問題の根源を癒やすことは可能だが、なかには数日か数週間、ときには数か月もかかる問題もある。1日たっても効果が見られなかったら、セッションの数を1日に2回から3回に増やし、レベル1未満になったと実感できるまで続ける。つまり、たとえストレスの多い状況になっても、元々の問題が気にならなくなるレベルということだ。

(9) すぐに効果が出なくても心配しない

レベル1未満になるまでどんなに時間がかかっても、それがあなたにとっての必要な時間だったということだ。ここで大切なのは、正しい方法で継続して行うことだ。

「エネルギー療法」のツールを試してみよう

それでは、今からエネルギー療法のツールを実際に使ってみよう。自分を悩ませている問題を一つ選んでもいいし、他の人のために使ってもかまわない。

私の体験を話そう。2010年にスペインでセミナーを行ったときのことだ。セミナーに参加していた医師から、「個人的に話がしたい」と声をかけられた。そこで二人になれる部屋を見つけ、彼女の話を聞いた。

話を始めると、彼女にはずっと解決できずにいる根深い問題があることがすぐにわかった。問題の原因は、外側の結果を求めることと、意志の力ですべてを実現しようとしていたことだ。話しているうちに、彼女が医者になったのは家族を喜ばせるためで、自分の本当の望みではなかったことがわかってきた。そこで私は、彼女にエネルギー療法のツールを使った。使ったツールはそれだけだ。すると、わずか20分の間に、20個の問題が解決してしまったのだ。

彼女自身も、あっという間に結果が出たことに驚いていた。そして何よりも、もう両親を喜ばせるために医者をやるのはやめようと決心した。これからは、人々を助けるために医療を行う。それも、患者たちの問題の根源を癒やす。今自分が経験したのと同じことだ。

半年後に彼女から連絡をもらったとき、20個の問題はまったく再発していなかった。完璧に解決されたままだった。

1日でここまでの成果が出ることはめったにないが、ここで何よりも大切なのは、すべて彼女の意志とは関係なく起こったということだ。エネルギー療法のツールを使って20個の問題を解決するとき、彼女はただ愛と喜びと平安のことだけを考えていた。外側の状況は、何一つ変わっていない。変わったのは彼女の内面だ。内面の変化がすべてを変えたのだ。

このツールは他にも、これから起こりそうな問題を予防したり、すでに癒やされた問題が再発しないように予防したりする方法もある。この場合は、1回のセッションに5分から10分かけ、1日に2回か3回行う。

ここでの目的は、その日のストレスをきれいに解消することだ。テレビを見ながらだってかまわない。

そして最後になる三つ目の使い方は、40日間の正式なコースだ。私はこのプログラムを、「偉大なる原則の成功の地図」と呼んでいる。ある一つの症状だけを解決するのではなく、人生のある分野で長期にわたる成功を達成することを目指している。たとえば、ビジネスを始める、もっといい親になる、キャリアやスポーツで何かを達成する、NPOを始める、新しい土地に移るなど、とにかく愛から生まれた目標や成功なら何でもいい。この「成功の地図」については、第7章で詳しく見ていこう。

ツール2　プログラムを組み直す「魔法の言葉」

プログラムを組み直すステートメント（「魔法の言葉」）の主な役割は、理論と分析を司る左脳を癒やすことだ。精神（意志と感情の両方を含む）と魂の問題を扱っている。とはいえこのツールは、潜在意識のハートやスピリット、それに肉体にも影響を与えることができる。精神の言語は言葉なので、言葉を使って癒やしていく。

まずは、愛と恐怖の周波数が人生でどんな役割を果たしているか確認しておこう。次ページの表を見てもらいたい。

表の左側は、すべて愛と光の周波数から生まれるものだ。そして表の右側は、すべて恐怖と暗闇の周波数から生まれてくる。

自分の体験が左側か、それとも右側かを判断するには、ある問題について真実を信じているか、それとも嘘を信じているかということを基準にする。嘘はいつでも恐怖につながり、恐怖からは右側にあるようなネガティブな経験が生まれる。そして真実はいつでも愛につながり、愛からは左側にあるような美点が生まれる。プログラムを組み直すステートメントは、恐怖の周波数を愛の周波数に変換し、ネガティブな体験の連鎖反応をポジティ

●愛から生まれるもの、恐怖から生まれるもの●

愛	恐怖
喜び	悲しみ、絶望、無力感
平安	不安、心配
忍耐、正しい目標	怒り、間違った目標
優しさ、受容	拒絶
善、批判をしない、許す	罪、恥、批判、または許さない
信頼、信仰、希望、信念	希望通りの結果にするために状況を不健全な形で操作する
謙虚、または自分自身についての真実を信じている	自分自身についての嘘を信じている（実際以上でも、実際以下でも）
自制	思考、感情、思い込み、行動を不健全な形でコントロールする

ブな体験の連鎖反応に変えることができる。

ここではさまざまなニーズを考慮して、あらゆる問題や目標に対応できるようなステートメントを紹介している。

自分の気持ちにいちばんしっくりくるステートメントを選び、まずはそれに集中してみよう。

ネガティブな結果の根源には嘘がある

心理学的、またはスピリチュアル的に言えば、人生で経験する問題は、すべて130ページのチャートにあるような連鎖反応から生まれている。

どんな経験であれ、すべてこの12の項目を含んでいる。起こる順番も、この並びの通りだ。ドミノが倒れるように出来事がつながり、ネガティブな結果か、またはポジティブな結果になる。

前にも登場したキャロライン・リーフ博士が言っていたように、**人間の身体は（物質的な部分も、非物質的な部分も）ネガティブな体験をするようにはできていない**。つまり、ネガティブな経験をするのは、どこかで不具合が起きている証拠なのだ。

●問題が起こる順番●

1. 出発点	現在のプログラミング		
2. 経験していること	リアルタイムの出来事		
3. 出来事を解釈する基準	真実	or	嘘
4. 次に経験すること	愛	or	恐怖
5. 決断する基準	高潔さ	or	苦痛／快楽
6. 次に経験すること	安心（安全）	or	不安（拒絶）
7. 次に経験すること	自分には価値があると思う	or	自分には価値がないと思う（批判する／許さないという気持ち）
8. 次に経験すること	謙虚な気持ち	or	不健全なプライド
9. 次に経験すること	信仰／信頼／信念／希望	or	不健全なコントロール
10. 次の行動	対応する	or	反応する
11. 次の行動の基準	愛をもって行動する	or	利己的に行動する
12. 経験する結果	成功、幸せ、健康	or	失敗、不幸、病気

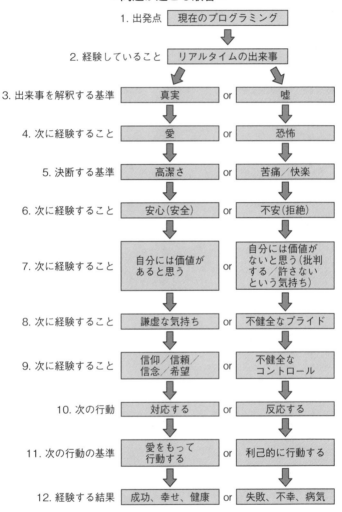

ネガティブな結果は、すべてその根源に嘘の記憶がある。そして嘘の記憶もまた、エネルギーでできている。正しいエネルギーを使って嘘の記憶を修正すれば、ネガティブな症状も自然に消えていく。そして、ポジティブな体験の連鎖反応が始まるだろう。

「自分を無価値だと思う」「いつも不安を抱えている」という問題

この経験の連鎖反応がポジティブの方向へいくか、それともネガティブの方向へいくかは、「自分の価値」をどう捉えるかによって決まっている。これは自分のアイデンティティにもかかわってくるので、とても重要な問題だ。

自分の価値をどう見るかということは、自分にできることとできないこと、罪の意識、恥の意識、他人との比較、許す気持ちがあるかどうか、他人や自分を批判的に見るかどうかといったことで決まる。言い換えると、自分の価値とは、自分のアイデンティティだということだ。**自分の価値を決めるのはもっぱら内面の仕事であり、潜在意識にある記憶の銀行や、思い込みが元になっている。**

不安の感情は、他人に拒絶されていると感じるときに生まれる。自分で自分を拒絶する場合も同じだ。私は25年間この仕事をしてきたが、心や体に深刻な病を抱えている人は、誰もが拒絶されたという問題も抱えていた。この原則に例外はない。子供のころに公園で遊んでいたときに友達に言われたことや、大人の何気ない一言がずっと心に引っかかっていたりする。または、本当に深刻な虐待を受けたという人もいるだろう。

そして拒絶の反対は、受容、または優しさだ。だからこそ、何か人のためになりたかったら、優しくするのがいちばんの方法だとも言われている。そしてもちろん、優しさの中には、自分に優しくすることも含まれる。

しかし「自分の価値」とは違い、不安と安心の感覚は、内面だけでなく外側からも生まれてくる。それに、安全の感覚、つまり食料や住む場所など、生きるために最低限必要なものがあるかどうかということもかかわってくる。

価値の問題、不安の問題は、前の世代から受け継いだ記憶と、子供のころの自分の体験が元になっている。愛を経験した人は、生きるための基本的なニーズが満たされているかぎり、自分には価値があると思い、安心感もある。一方で恐怖を経験した人は、自分には価値がないと思い、不安を抱えている。罪の意識、恥の意識を持ち、拒絶されたと思い、自分には能力がないと思っている。

自分の価値をどう捉えるかによって、世界の見え方も違ってくる。自分には価値があると信じ、安心感を持つ人は、信念、信仰、信頼、希望のレンズを通して世界を見ている。そうでない人は、不健全なコントロールの問題を抱えている。コントロールの問題とは、意志の力を使ってムリヤリある結果を出そうとすることだ。それがなければいけないと思い込んでいるからであり、その思い込みは「苦痛と快楽のプログラミング」から生まれている。

自分に価値がないと思い、不安を抱えている人は、誰も信頼していないし、何も信じていない。過去に苦痛だけを経験し、愛を受け取らなかったからだ。快楽を求め、苦痛を避けることだけを行動の基準にしていると、5歳児と変わらなくなってしまう。大人になってもそんな生き方をしているなら、自分のプログラムがコンピューターウィルスに汚染されているということだ。そのせいで脳が危険な誤作動を起こしているのだ。

また、すでに気づいているかもしれないが、もう一つとても重要なことを指摘したい。それは、人間が抱える問題は、ほぼすべて「関係」の問題だということだ！　それは自分自身との関係かもしれないし、他人との関係かもしれないし、動物との関係かもしれないし、自然との関係かもしれない。

たとえば私は、今年になってずっと会っていなかった兄弟と再会した。私たちは、もう40年も音信不通だった。彼と再会したとき、自分の中の死んでいた部分が生き返ったような気がした。自分の中で何かが癒やされた。あの感覚は、とても言葉では表現できない。兄弟を失ったことが、自分の人生や健康にあそこまで大きな影響を与えていたとは思わなかった。

おそらく、同じような体験をした人も多いのではないだろうか。自分の価値も、安心感も、すべて他者との関係で決まる。例外は、本当に命の危険がある状況か、生きるために最低限必要なものが欠けているような状況だけだ。

たとえ純粋にお金だけの問題だと思っていても、そこに恐怖や苦痛があるなら、本当の原因は他者との関係にある。それは健康問題でも、他の問題でも同じことだ。関係の問題を癒やすことができれば、ほぼすべての問題が解決できる。

プログラムを組み直す「魔法の言葉」も、まさにそれが目的だ。人生のすべての主要な出来事で、ネガティブな記憶を解体し、新しくポジティブなプログラムに組み直す。そうすれば、幸せで、健康で、成功した人生が手に入るのだ——そもそも、それが私たちの本来の姿なのだから。


ここで一つ注意がある。このプログラムを組み直す「魔法の言葉」は、一般的なアファメーションとは違う。根底には真実と愛があり、私たちのハートと頭脳を本来の姿に戻す役割を果たしている。私は25年前から、クライアントの治療でこの「魔法の言葉」を活用し、成功してきている。

プログラムを組み直す「魔法の言葉」は、一連の質問と「魔法の言葉」という形になっている。質問に答えていくことで連鎖反応を起こし、1ステップごとに自分の中にあるコンピューターウィルスを取り除いていく。

次から「魔法の言葉」の使い方を説明していくが、方法は二つある。12ステップからなる完全バージョンと、もっとも重要な4ステップを抽出した簡易バージョンだ。これまでの私の経験から言えば、簡易バージョンを使ってすぐに結果が出なかったら、完全バージョンに切り替えたほうがいいだろう。

プログラムを組み直す「魔法の言葉」完全バージョン

それでは、プログラムを組み直す「魔法の言葉」を使って自分の中からコンピューターウィルスを取り除き、真実のプログラムを組み直していこう。

まず解決したいと思っている問題について考え、そのテーマの「魔法の言葉」を唱える。

ここで注意してもらいたいのは、「～することを望む」という「魔法の言葉」は、「期待」ではなく**「希望」**だということだ。「期待」は意志の力を使って無理に何かを起こすことだが、「希望」は恐怖ではなく愛がベースになっている。

「魔法の言葉」を唱えてみて、自分でそれを信じているかどうか確認する。たとえば、「私は自分について、ただ真実だけを信じることを望む」という言葉を唱えるとしよう。

声に出してもいいし、出さなくてもいい。そのとき、**自分の中にネガティブな感情や抵抗があるかどうか確認する。**そのときの感情を正確につかみ、また身体のどの部分で感じているかも確認する。たいていの人は、プレッシャーや重苦しさといった形で、ネガティブな感情を経験する。本当に信じられるようになるまで、何度もこのステートメントをくり返す。

ここで大切なのは、プログラムを組み直す「魔法の言葉」は、ただツールとして働いているだけでなく、自分が信じている嘘を探り出す手段としても使えるということだ。そして嘘が見つかったら、エネルギー療法のツールと、次に説明するハート・スクリーンのツールを使って、嘘を根源から癒やすことができる。

また、ある言葉で引っかかり、そこから先に進めなくなったときは、この次のセクションを読めば、障害を取り除く方法がわかるだろう。

(1) 今のあなたはどんなプログラムを持っているのか?

人は物事のありのままを見ているのではない。すべてのものに自分を投影して見ている。そしてどう自分を投影するかは、自分の中にあるプログラミングで決まってくる。

ここで大切なのは、そのプログラミングがあなた自身ではないということだ。プログラムがウィルスに感染して、それがネガティブな連鎖反応を起こしているだけだ。ウィルスのせいで信じてしまっている嘘は、どれも本来のあなたとは関係がない。このツールを使ってウィルスを駆除し、**自分本来の姿を取り戻してもらいたい。本来のあなたは、いつも幸せと、健康と、成功だけを経験することになっている。**そのための最初のステップは、ただ真実だけを使ってプログラムを組み直すことだ。

〈魔法の言葉〉
私は自分について、ただ真実だけを信じることを望む

自分が信じている嘘を見抜けるようになってきたら、嘘をリストにして、エネルギー療法とハート・スクリーンのツールを使って一つずつ癒やしていく（ハート・スクリーンのツールの使い方は次のセクションで説明する。これはすべての「魔法の言葉」に共通する）。

(2)「リアルタイム」で何かが起こると、無意識は自動的に、外側の状況と内面のプログラミングを比較する

「リアルタイム」とわざわざ括弧をつけたのは、99パーセントの人が状況をありのままに見ていないからだ。自分の中のプログラミングに従って状況を見て、プログラミングに従って行動する。そしてくり返すが、プログラミングはたいてい恐怖から生まれている。

人生で幸せと健康と成功だけを経験したいなら、正しい行動を選ばなければならない。そして正しい行動を選ぶには、正しいプログラミングが必要だ。

〈魔法の言葉〉
私は現在の状況について、プログラムに組み込まれた嘘ではなく、ただ真実だけを信じることを望む

(3) 偽りか真実か

すべての嘘は、真実の解釈を間違ったことから生まれている。だからこそ、嘘を正当化するのはあんなにも簡単なのだ。どんな嘘にも、ある程度の真実が含まれている。問題は、完全な真実ではないということだ。完全な真実は、すべて愛への道を示している。そして偽りは、すべて恐怖への道を示している。問題を手っ取り早く解決したいのなら、嘘と真実を見抜くのがいちばんの方法だろう。自分が嘘を信じているのを見抜き、真実が手に入るまでは行動しないようにする。

〈魔法の言葉〉
私は自分のハート、魂、スピリット、精神の中にある真実だけを信じ、真実以外はも

う信じないことを望む

(4)　苦痛と快楽のプログラミングか、人として正しく生きるか

これまでにも出てきたように、苦痛と快楽のプログラミングとは、苦痛は悪で、快楽は善だとする考え方だ。生まれてから6歳まではこのプログラミングで問題はないが、それ以降は、正しく生きることを基準に判断できるようになる必要がある。愛と思いやりをもって、正しい行動をしなければならない。苦痛と快楽のプログラミングと、高潔さは、絶対に両立できない。

〈魔法の言葉〉
私は苦痛と快楽のプログラミングを捨て、高潔さを基準にして行動し、最高の人生を手に入れることを望む

(5)　恐怖か、それとも愛か

苦痛を感じているとき、または快楽が手に入らないとき（どちらの状況も、1日のうちに何度も経験する）、とるべき道は二つある。愛の力で解決するか、それとも恐怖の力で解決するか、だ。苦痛やネガティブな感情にどちらの方法で対応するかによって、その後

の思考、信念、感情、行動も違ってくる。恐怖の力で解決しようとすると、人生で望まないことばかりを経験することになり、愛の力で解決しようとすると、人生で望むことばかりを経験するようになる。

ここでたいていの人は、たとえ愛を選んでも、苦痛がすぐに消えなかったり、快楽がすぐに手に入らなかったりすると、簡単に恐怖の道に寝返ってしまうという失敗をする。そして意志の力でムリヤリ望みの結果を出そうとするのだ。ここで愛の道にとどまってさえいれば、欲しいものがすべて手に入るだけでなく、それ以上のものも手に入るだろう。

〈魔法の言葉〉
私はすべてのことを、恐怖ではなく愛をもって考え、感じ、信じ、行動することを望む。それをハート、スピリット、魂、精神、肉体のすべてで行う

(6) 不安か、それとも安心か

前に触れたように、不安と安心の問題はアイデンティティに大きくかかわっている。この問題と、自分に価値があるかどうかという問題は、すべての問題の根源になっている。

安心の問題は、外側の状況で決まることもあれば、内面の状態で決まることもある。外側の状況は、肉体的に安全かどうか、生きるために必要なものは揃っているかということで、内面の状態は、自分は他人に求められる存在かといったことだ――安全で、受け入れられていると感じるか、それとも安全ではなく、拒絶されていると感じるか。

〈魔法の言葉〉
私は、自分は拒絶されているという恐怖と嘘を捨て、安心感と受容を手に入れることを望む

(7)　自分に価値はないと感じるか、それともあると感じるか

これもまたアイデンティティの問題だが、「安心」と違い、「自分の価値」の問題はほぼすべて内面の問題だ。自分の価値をどう捉えるかによって、「私は誰?」という質問への答えが決まる。許す(または許さない)能力、批判する(またはしない)能力もまた、自分の価値をどう捉えるかで決まる。自分は価値があると信じている人は、自分に対しても他人に対しても寛容で、批判せずに愛することができる。

〈魔法の言葉〉
私は、自分には価値がない、許さない、批判したいという感情を手放し、偽のアイデンティティを信じず、自分の価値を正しく評価し、その結果、自分には価値がある、

許す、批判しないという感情を手に入れ、本当のアイデンティティと、本当の自分の価値を評価できるようになることを望む

(8) 高慢か、それとも謙虚か

謙虚さとはどういうものかを正しく理解している人はほとんどいない。謙虚さは弱さとは違うし、うじうじしているという意味でもない。謙虚な人とは、自分についての真実を知っている人だ。そしてその真実とは、人はみな平等だということだ。

私たちは誰でも、人間として同じだけの価値がある。人は誰でも、無限の可能性と、無限の善を備えている。優越感も、劣等感も、どちらも間違った感情であり、「自分には価値がない」という気持ちと不安から生まれる。また、謙虚な人は、自分に執着しない人でもある。他者のことを第一に考え、目の前の仕事のことを第一に考えられる人だ。

しかし、そういった謙虚な人はごく少数派だ。たいていの人は、いつも自分を他人と比べ、その比較から期待を作り出す。「私はうまくやっているだろうか？　彼らは何をやっているのだろう？　彼らは私の価値に気づくだろうか？」

対して謙虚な人は、人と比べたりはしない。人間の価値はみな同じだと理解しているので、自分を実際以上に見せようとしたり、逆に人目につかないように隠れようとしたりすることはない。

〈魔法の言葉〉
私は、間違った優越感と劣等感を捨て、本当の自分を理解することを望む。本当の自分はすばらしい存在だが、誰かより優れているということはなく、劣っているということもない

(9) 不健全なコントロールか、それとも信仰、信頼、信念、希望を持つか

これは、自分が信じていることについてのカテゴリーだ。前に出てきたプラシーボ、ノーシーボ、デファクトを思い出してもらいたい。不健全なコントロールは、真の信念、信仰、信頼とは正反対の概念になる。たとえば、こんなふうに考えることだ——「私は望みの結果を手に入れるために、状況を操るか、またはコントロールしなければならない。なぜなら、望みの結果が手に入らないと、自分は大丈夫ではないからだ」。

健全なコントロールは、信仰、信頼、信念、希望と直接結びついている。結果に執着せず、外側の状況がどうなろうと自分は大丈夫だと信じることだ。

ここで一つ注意がある。多くの人は、こういう執着のない生き方をしていると何も達成できないと信じている。結果を出すには、意志の力で外側の状況を変えるしかないというわけだ。しかし、実際はその正反対だ。期待を捨て、意志の力に頼ることをやめれば、む

しろ少ない時間でより多くのことを達成できるようになる。その上、幸せにもなれるのだ。

〈魔法の言葉〉
私は、ある結果を手に入れるための不健全なコントロールを手放し、信仰、信頼、希望、信念を手に入れ、その結果として最高の人生を送ることを望む

⑽　反応するか、それとも対応するか

何かが起こったときに自動的に反応するのは、生存本能に基づいた行動だ。ただ苦痛と快楽のプログラミングに従っているだけだ。たとえば、前を走っている車のブレーキランプが点灯したら、自分も反射的にブレーキを踏むだろう。または、スーパーでレジに長い列ができていたらイライラする。こういった反応は連鎖反応の結果であり、一連の反応を逆にたどっていくと、最後には自分の中にあるプログラミングに行き着く。

反応のプログラミングのすべてが悪いというわけではない。たとえばブレーキランプを見たときの反応は、生き残るために必要なものだ。しかし、命の危険がない状況でネガティブな反応が出るのは、恐怖から生まれたプログラミングで動いているからだ。それを正しいプログラミングに置き換えれば、目の前の状況に対して、恐怖で反応するのではなく、愛のある対応ができるようになるだろう。

たとえ「反応」ではなく「対応」できるようになったとしても、それだけでは十分ではない。ただの対応ではなく、愛のある対応が必要だ。苦痛と快楽のプログラミングが、たまには頭をもたげることもあるだろう。たとえそうなっても、誘惑に負けず、愛で対応することを選ばなければならない。

〈魔法の言葉〉
私は、苦痛と快楽のプログラミングに従って反応するのをやめ、真実と愛の気持ちで対応することを望む

(11)　利己的な行動か、それとも愛のある行動か

このステップで大切なのは、行動の中身ではなく、行動の動機のほうだ。自分のために行動するのか、それとも他者のために行動するのか。とにかくお金を稼いで欲しいものを買いたいから行動するなら、それは欲が動機になっている。対して、家族に貧しい生活をさせたくない、孤児院を始めたい、すべて寄付したいという気持ちからお金を稼ぎたいと思うなら、それは他者のための行動だ。自分の行動の本当の動機を知っているのは、あなた自身だけだ。大切なのは、恐怖から生まれた行動ではなく、愛から生まれた行動であることだ。

〈魔法の言葉〉
私は、どんな結果になっても、今この瞬間を愛の心で生きることを望む

⑿ **失敗、不幸、病気か、それとも成功、幸せ、健康か**

成功、幸せ、健康を私なりに定義するなら、「今この瞬間に喜びと平安を感じている」となる。外側の状況は関係ない。あなたのプログラミングが（それは嘘のプログラミングかもしれないし、真実のプログラミングかもしれない）、いつでもあなたが経験することを決めている。

〈魔法の言葉〉
私は、成功、幸せ、健康を手に入れるために、成功、幸せ、健康への執着を捨てることを望む

プログラムを組み直す「魔法の言葉」簡易バージョン

簡易バージョンは、完全バージョンに比べればたしかに短いが、効果は変わらない。む

しろ個人的には、両方ともやってみることをおすすめしたい。

先ほどあげた12個の問題をさらに掘り下げていくと、人生のすべての問題は、次の四つの問題から生まれていることがわかる。

①　愛を感じるか、それとも恐怖を感じるかという問題
②　自分に価値があると思うか、それともないと思うかという問題
③　安心しているか、それとも不安を感じているかという問題
④　信じる心か、それとも不健全なコントロールかという問題

簡易バージョンでは、この四つの問題の再プログラミングを目指す。

このツールを使うにあたり、まずプログラムを組み直したいと思っている問題を一つ選ぶ。選んだら、次は自分に質問をする。自分の肉体、精神、ハートに、今のままのプログラミングでも望みを叶えることができるかと尋ねる。おそらく、たいていの人の答えが「ノー」だろう。もし答えが「イエス」なら、もう問題は解決しているだろうし、そもそも最初から問題は起こらなかったはずだ。

このツールは、2セットの質問からなっている。最初のセットに入っているのは、愛と拒絶に関する質問だ。私が思うに、人の問題はたいてい二つの原因に集約される。一つは、自分を愛さず、自分を拒絶していることであり、そしてもう一つは、問題を愛さず、問題を拒絶していることだ。どちらも自分の中に恐怖とストレスを生み出している。この問題を解決するには、不健全なコントロールを手放し、今この瞬間を愛することだ。

それでは、最初のセットの質問に答えていこう。この簡易バージョンでは、質問の答え方は特に決まっていない。ただ正直に答えればいい。質問の空欄になっているところは、自分が抱えている問題を入れる。たとえば「不安」「先延ばしのクセがある」「何でも始めるのが遅い」といった問題だ。それでは始めよう。

■質問

・あなたは、自分自身を愛していない、または拒絶しているか？　他者についてはどうか？

・自分や他者を拒絶する姿勢、愛さない姿勢を手放すことはできるか？
次に魔法の言葉を唱える――「私は、自分を拒絶する姿勢を捨て、自分と他者を愛さない姿勢を捨てる」。これを心身にストレスや緊張を感じなくなるまで何度も唱える

・自分に愛と受容を与えることができるか？

「私は（自分の名前）を愛し、受け入れる」という言葉を、心身にストレスや緊張を感じなくなるまで何度も唱える

・自分が（　　　）を拒絶している、愛していないと感じるか？

・（　　　）を受け入れ、愛することはできるか？
「私は（　　　）を受け入れ、愛する」という言葉を、心身にストレスや緊張を感じなくなるまで何度も唱える

・自分は（　　　）をコントロールできていないと感じるか？

・コントロールしたいという気持ちを捨てられるか？
「私は望みの結果を手に入れるためにコントロールを手放す」という言葉を、心身にストレスや緊張を感じなくなるまで何度も唱える

・あなたは（　　　）を癒やすために、神（または愛）に（　　　）をコントロールする力をゆだねることができるか？「私は（　　　）を癒やすために、神（または愛）に

（　　）をコントロールする力をゆだねる」という言葉を、心身にストレスや緊張を感じなくなるまで何度も唱える

・あなたは（　　）を手に入れるために、（　　）をコントロールしたいという気持ちを手放すことができるか？（最初の空欄には、ポジティブで愛から生まれる結果で、自分自身も望んでいる結果を書く）

「私は（　　）を手に入れるために、（　　）をコントロールしたいという気持ちを手放す」という言葉を唱える

・今の気分は、「自分はコントロールできる」だろうか？　それとも「コントロールしたい」だろうか？

答えが「自分はコントロールできる」になるまで、今までに出てきた言葉を何度も唱える（注４）

・コントロールしたがることと、神（または愛）にコントロールをゆだねること。どちらがいい気分になるだろうか？

ここで、自分が選んだ問題を思い出そう。今のあなたは、その問題にどんな感情を抱いているだろうか？

多くの人は、ここでポジティブな感情を抱くようになっている。もしまだポジティブな気分になれないというのなら、また「魔法の言葉」を最初からくり返していこう。ポジティブな気分になれるなら、それは愛であり、神の力だ。

もしかしたらそれは、あなたにとって新鮮な感覚かもしれない。慣れない感覚、またはかすかな感覚だとしても、その感覚を自分の中で拡大していこう。**その力に、問題を癒やす仕事を託す。**新しい感覚をすべて受け入れ、神（または愛）のコントロールにすべてを任せる。そして、自分に向かって、他者に向かって、自分の問題に向かって、「私はあなたを愛しています」と唱える。この言葉を、本当に心から信じられるようになるまでくり返す。相手が誰でも、どんな問題でも、あなたは自分の態度を選ぶことができる——相手に愛を注ぎ込み、恐怖と暗闇を、愛と光に変えるのだ。

「欲しい」と「欠けている」は同じ

もう1セットの質問は、「欲しい」と「欠けている」は同じ意味だと理解することが目的だ。ここではまず、自分が人生で変えたいと思っていることをリストにしてもらう。大きな変化でもいいし、小さな変化でもいい。

それでは、できあがったリストを見てみよう。あなたがそれらの変化を望むということは、今はまだ手に入っていないことを意味するだけではない。「欲しい」と思うことで、これからも永遠に手に入らない状況を作り出してしまっているのだ。

聖書の詩篇23編には、「主は私の羊飼い。欲しいものはありません」という一節がある。私たち人間は、何かが欲しいという状態、つまり何かが欠けているという状態で生きるようにはできていない。「欲しい」と思いながら、同時に「持っている」という状態になることはできない。「持っている」という状態になるには、「欲しい」という気持ちを手放さなければならない。

「欲しい」という気持ちは、拒絶、不足、恐怖から生まれていて、ストレスや病気など、あらゆるネガティブな物事の原因になっている。愛、神にすべてをゆだねると、その反対のことが起こる——あなたは超自然的な力を使うことができるようになり、奇跡も可能になる。ただ「できない」という気持ちを捨て、「ありのまま」を受け入れるだけで、問題を見る目がまったく変わるだろう。

それでは、2セット目の質問に答えていこう。最初のセットの質問と同じように、ただ正直に答え、次の質問に進んでいく。空欄には、解決したいと思っている具体的な問題を入れる。

■質問

・あなたは（　　　）を叩き潰したいか、それとも愛したいか？
もし必要なら、「私は（　　　）を愛することを望む」という言葉の形にしてくり返し唱える

・本当の安心を得るために、安心したいという気持ちを捨てることができるか？
必要なら、「私は本当の安心を得るために、安心したいという気持ちを捨てることを望む」という言葉の形にしてくり返し唱える

・今の時点で、まだ安心が欲しいと思うか？　それとももう手に入れたと思うか？

・「安心している」と、「安心が欲しい」――どちらがよりいい気分になるだろう？

・あなたは（　　）に対してネガティブな感情を持っているだろうか？　ネガティブになるのは、恐怖を感じている証拠だ。そして恐怖はストレスを生む。「すべては大丈夫だ。すべてはいずれ大丈夫になる」という言葉を、本当に信じられるようになるまでくり返し唱えよう。愛と真実の中に生きていれば、すべてはいつでも大丈夫だ。今はまだそう思えないというのなら、そう思えるようになるまでくり返そう

行き詰まってしまったときはどうするか

このプログラムを組み直す「魔法の言葉」を実際に活用するとなると（完全バージョンでも、簡易バージョンでも）、ある言葉からどうしても先に進めなくなることがよくある。言葉を何度くり返しても、どうしても違和感が消えてくれない。もしそうなったら、三つのツールをすべて使った組み合わせのテクニックを活用する。その方法については、この章の終わりで説明する。

三つのツールは、組み合わせて使っても大きな効果を発揮する。なぜなら、プログラムを組み直すステートメントは、精神を癒やすツールであると同時に、顕在意識、潜在意識、無意識で何を考えているかを診断するツールでもあるからだ。このツールを使って意識の

中身を探れば、ブロックになっている思い込みが見つかるだろう。見つかったら、今度はエネルギー療法のツールとハート・スクリーンのツールを使って、その思い込みを解体し、新しくプログラムを組み直す。

プログラムのウィルスを完全に駆除し、新しくプログラミングが終わったら、そこからはいつでもポジティブな結果しか出ないようになる。とても大きな変化なので、周りの人も、最初はあなただとわからないかもしれない！

クライアントのある中年の女性は、この世に存在するありとあらゆる「12のステップのプログラム」に挑戦してきたという。彼女の問題は、結婚生活と、太りすぎていることと、不健康なことと、幸せではないことだ。正直なところ、彼女ほどネガティブな人にはそうそうお目にかかれないだろう。私のところに話しに来るたびに、自分にひどい仕打ちをした人たちの文句を延々と言いつのっていた。

「こんなことがなかったら、私も健康になれるのに。あれが起こらなかったら、私だって今ごろお金持ちよ。世界は最低の場所ね。政府は国民をいじめてばかり。みんな自分のことしか考えていない。夫はぐうたらで、私がやりたいことはみんな嫌がる」――もちろん、彼女の言葉のほとんどは間違っている。プログラミングのせいで、現実を間違って解釈してしまっているだけだ。

そこで私は、プログラムを組み直す「魔法の言葉」なら、彼女の問題を解決できると考えた。もちろん彼女は、「こんなバカな話は聞いたことがないわ!」という反応だった。

それでも彼女は、家に帰るとこの方法を試してみた。そして家で続けながら、その間ずっと「まったく効果がない」と私に文句を言っていた。間もなくすると、実際に彼女の様子が変わっていった――言うことが少しだけポジティブになり、文句が少しだけ減ったのだ。彼女はこの調子で変わっていき、やがて私はなんだかおかしくなってきた。彼女は電話をくれると、とても明るい口調で楽しそうにおしゃべりをしてから、必ず「でもあの方法はまったく効果がないわよ」と付け加えるのだ。

そしてある日、彼女が親友とランチをしていたときのことだ。親友がこんなことを言った。

「ねえ、最近どうしたの? ヒーラーのところでも通っているの? それとも何か神秘的な体験をしたとか? いいから秘密を教えてよ」

そこで私のクライアントは、「いったいぜんたい何の話?」と聞き返した。彼女は本当にわからなかった。彼女の変化はとてもゆっくりだったので、自分では気づかなかったのだ。

そこで彼女は、その親友以外の人にも尋ねてみた。彼らは、みな口を揃えて「誰かがこんなに変わるのは初めて見た」と答えた。彼女の夫でさえ驚いていたが、口には出さなかった。だってもし口に出したら、魔法が消えてしまうかもしれない！

特にダイエットはしなかったが、体重が大幅に減った。夫婦仲も格段によくなった。彼女が使ったのは、プログラムを組み直す「魔法の言葉」だけだ。古いプログラムを削除し、新しいプログラムを組んだだけで、すべてが変化した。ウィルスさえなくなれば、脳は自由に本来の仕事ができるようになる。

ツール3　「ハート・スクリーン」のツール

ハート・スクリーンのツールは、人間のスピリチュアルの面に働きかける。つまり、スピリチュアル・ハート、細胞記憶、無意識と、潜在意識、顕在意識などだ。

ハート・スクリーンは、スピリチュアルのレベルで、古いプログラムの削除と、新しいプログラムの構成を行うことができる。第3章でも見たように、ハート・スクリーンは記憶を映し出す役割を果たしている。人は何かを想像するとき、いつもハート・スクリーンを使っている。スクリーンに映る内容は、本当のこともあれば、ただの想像の産物のこともある。

ハート・スクリーンを見るには、ただ目を閉じるだけでいい。それでは目を閉じて、最後に食べた食事を思い出してみよう。はっきりと見えるだろうか？　味は？　匂いは？　周りの景色も覚えているだろうか？　食事のときの会話は？

もし食事の様子がはっきりと再現できたのなら、それはハート・スクリーンを見ていたということだ。


ハート・スクリーンのツールには、エネルギー療法のツールも、「魔法の言葉」のツールも凌駕《りょうが》するような力がある。その理由は、人間がイメージを作り出す力を活用しているからだ。第3章でも触れたが、これは地球上でもっとも強大な力であり、創造と破壊の原動力になっている。有史以来、人間が行ったすべての創造と破壊は、このイメージを作り出す力がなければ実現しなかっただろう。

「ハート・スクリーン」のツールの仕組み

ハート・スクリーンに映し出されたものが、あなたの経験を決めている。そして、ハート・スクリーンには同時に複数のイメージが映し出されることもある——その中には、見えているものもあるし、見えないものもある。

顕在意識の中にあるものが見えるのは、スマホの画面が見えるのと同じことだ。そしてスマホと同じように、見たいアプリを開いたり、いらないアプリを削除したりできる。

一方で、潜在意識と無意識は見えない存在だ。スマホにたとえるなら、目に見えないOSやハードウェアということになる。目に見えないプログラミングやハードウェアは、あなたの思い通りには変わらないかもしれないし、あなたが変更した設定を無視するかもしれない。

さて、ここでハート・スクリーンがどんな姿をしているか想像してみよう（161ページ図）。真ん中のところに横線があり、上下二つのパートでできている。下のパートは無意識のイメージを映し出している。ここに映るイメージを直接コントロールすることはできない。上のパート（顕在意識）を通してコントロールするか、またはプログラムを変えるしかない。プログラムを変えるのは、パソコンの筐体《きょうたい》を開けて中を改造するのに似ている。これには正しい知識と正しいツールが必要だ。

それはともかく、見えないほうのスクリーン（無意識）に映っているイメージは、見えるほうのスクリーン（顕在意識）に映るすべてのものに影響を与えている。それだけでなく、人生で起こるすべてのこと、つまり外側の状況にも影響を与えているのだ。

たとえば、怒りを経験しているときは、たとえ本人は意識していなくても、ハート・スクリーンに怒りの感情を含む記憶が映っている。それ以外に怒りを経験する方法はない。怒りの記憶がハート・スクリーンの見えない部分にだけ映っていたら、その記憶を思い出していているという意識はなく、自分で見ることもできない。もし見えない部分だけでなく、顕在意識の見える部分にも映っていたら、その記憶を思い出すことができるし、ハート・スクリーンに映っているのを見ることもできる。

この仕組みは怒りだけでなく、どんな問題や状況でも同じだ。自尊心が低い、悲しいなど、内面の経験はすべてこの仕組みで機能している。

上に映るイメージと下に映るイメージがかけ離れているほど（つまり、愛から生まれたか、それとも恐怖から生まれたかという意味で）、見えないほうの力が大きくなり、見えるほうまで支配するようになる。または危機を感知して、見えるスクリーンを無視して勝手に命令を出し、感情、思考、行動をコントロールするようになる。見えないスクリーンが感知した危機は、本物の場合もあるし、偽物の場合もある。

このスクリーンの働きに関しては、あるクライアントの事例が今でも忘れられない。そのクライアントは男性で、極度の心配性だった。不安のあまりほとんど身動きがとれなく

●ハート・スクリーンの二つのパート●

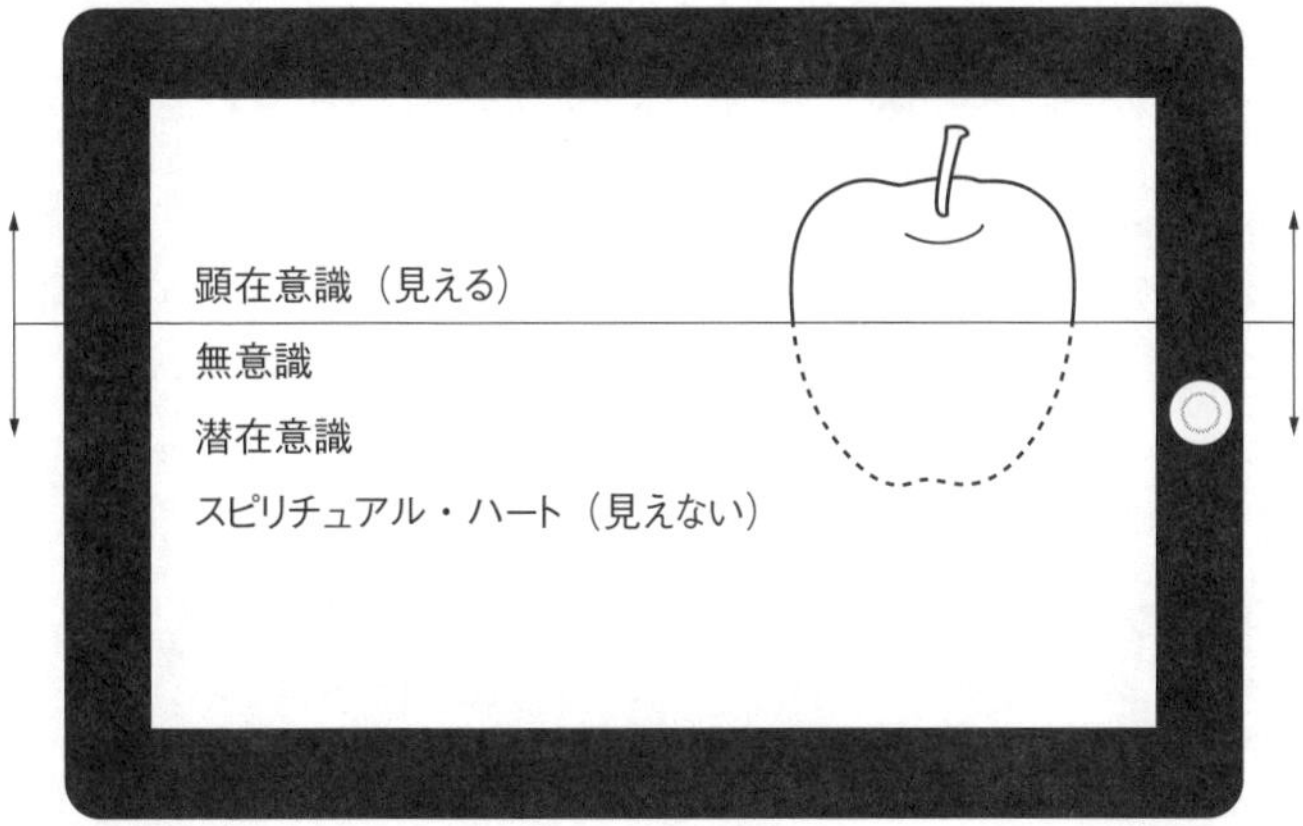

なっていた。１日の始まりはいい気分でも、なぜか不安の発作に襲われる。その理由は自分でもわからない。

正直に告白すれば、彼の治療にはかなり手こずった。しかしある日、彼と話しながら何かのテストを行っているときに、ついにわかった——不安の発作が始まるきっかけは、色の「黄色」だったのだ。何か黄色いものが視界の大半を占めると、彼は決まって「戦うか、それとも逃げるか」のモードに入ってしまう。原因を探ったところ、どうやら小さいころのトラウマにありそうだった。その記憶には、黄色い服を着た人が登場する。

黄色への反応は、もちろん本人は意識していなかった。それでもたしかに存在し、しかもどんな意識的な思考よりも大きな影響力を持っていた。ハート・スクリーンのツールを使って、その黄色の記憶のプログラムを組み直したところ、黄色を見ると愛の感情が呼び起こされるようになり、不安の発作という問題も解決した。

治療を始めた時点では、彼自身もこの記憶の存在に気づいていなかった。だからスクリーンの上で見ることができなかった。しかし、記憶の存在を突き止めると、彼も思い出し、イメージとして見ることができるようになった。

ハート・スクリーンのツールは、潜在意識と無意識の力を活用するときに大いに役立ってくれる。潜在意識と無意識は、顕在意識よりもはるかに強力なだけでなく、顕在意識と肉体を支配しているのだ。しかし、ハート・スクリーンがすばらしいのは、潜在意識や無意識からだけでなく、顕在意識からもアクセスできるという点だ。

ハート・スクリーンのプログラミングを変えていく課程で、ハート・スクリーンに映し出す映像を自分で選ぶことができるようになるだろう。つまり、人生で経験することを自分で選べるということだ。

「ハート・スクリーン」のツールの使い方

それでは、ハート・スクリーンの具体的な使い方について見ていこう。

(1) 真っ白なスクリーンを思い浮かべる。スマホの画面でも、タブレットの画面でも、テレビの画面でも、形は何でもかまわない。自分がいちばんイメージしやすいものを選んでもらいたい。私の経験から言えば、スクリーンは大きければ大きいほどいいようだ。次に、スクリーンの真ん中に横線を引き、上半分と下半分に分ける。上が顕在意識で、下が無意識と潜在意識だ。上のスクリーンに映ったイメージは見ることができるが、下のスクリーンのイメージは見ることができない。

(2) 次に、自分の心の状態をたしかめる。今あなたが経験していることの中に、本当は経験したくないことはあるだろうか？　ここでは例として、怒りを経験したくないのに、実際は経験しているとしよう。

(3) 短い祈りを捧げる。シンプルでいいが、心からの祈りであることが大切だ。その祈りで、**「ハート・スクリーンに映っている怒りを見せてください」**とお願いする。自分の力で見ようとしてはいけない。自然に見えてくるようになるのを待つ。スクリーンに映った怒りが形を持ち、言葉、映像、過去の記憶になるのを感じる。

もし何も起こらなかったら、スクリーンに「怒り」という言葉を置き、あとはリラックスして何かが起こるまで待つ。怒りの感情をイメージにするなら、おそらく爆発、叫び、紅潮した顔、子供の自分に向かって怒鳴る父親、などが浮かんでくるのではないだろうか。この怒りは顕在意識の感情であり、あなた自身も怒りを経験していることを自覚しているので、この怒りはスクリーンの上半分に映し出す。

ここで注意しておきたいのは、たとえ意識的な経験だとしても、無意識の部分にも怒りはあるということだ（ただし、そこでどんな記憶が映し出されているかはわからない）。無意識の中に存在しないなら、顕在意識で問題になることもない。

(4) 自分の怒りと、それにともなうネガティブな感情、記憶、思い込み、人物、場所、物事を、ハート・スクリーンに映して見ることができたら、その怒りがスクリーンに映らなくなることを祈る。怒りが癒やされ、もう自分の中に存在しなくなることをお願いする――スクリーンに映らず、記憶の中にも存在しない状態だ。

たとえば、こんなふうに言う。**「光と神の愛を私のハート・スクリーンに映してください。それ以外のものは映さないでください」**。または、もし神を信じていないのなら、**「光と愛を私のハート・スクリーンに映してください。それ以外のものは映さないでください」**でもかまわない。

(5)　次に、ハート・スクリーンに映る光と愛のイメージを思い浮かべる。青い空でもいいし、子供たちでも、夕日でも、真実の愛でも、花でも、神（または愛）の神聖な光でも、または浜辺や山の美しい景色でもいい。エネルギー療法のツールのときと同じように、ハート・スクリーンに映った光と愛のイメージをただ観察する。ムリヤリ映し出すのではない。

やがて愛と光が無意識の部分にも広がり、そこにある記憶が癒やされるだろう。嘘、恐怖、暗闇を取り除き、真実、愛、光と置き換える。「怒り」という言葉が見え、そして光と愛が「怒り」という言葉を解体していくのが見える。光と愛がどんどん広がり、スクリーンの見えない部分まで満たしていくのがわかる。そしてすべての記憶、意識している記憶も、無意識の中にある記憶も、愛と光によって癒やされる。

怒りのイメージを思い浮かべたときに、ネガティブな感情が湧き上がらなくなったら、またはいつもだったら怒っているような状況で怒らなくなったら、それがプログラムの組み直しが完了した証拠だ。

(6)　問題の再プログラミングが完全に終わるまで、このワークを1日に1回か2回行う。1回の長さは、人それぞれだ。このツールを使うときは、自分の内側に完全に入り込む。

自分の中が映画館で、巨大スクリーンを見ているようなイメージだ。スクリーンに映っていることが怖い内容だったら、想像上の同行者を連れていってもかまわない。

クライアントの一人に、いわゆる「男の中の男」タイプの人がいた。初めて会ったとき、彼はただ「さっさとこれを治してくれ」という態度だった。「これ」とは関節炎のことだ。関節炎のせいで仕事ができず、仕事ができないことがストレスになり、ストレスのせいで家族を遠ざけ、そのせいで家族仲が悪化するというように、ネガティブな連鎖反応が起こっていた。

興味深いことに、彼は瞑想に傾倒していた。東洋哲学の瞑想で、心を空っぽにして行うタイプだ。もちろん、心を空っぽにすれば、問題やストレスのことを考えなくなるという大きな利点がある。しかし、そのときはストレスから解放されるかもしれないが、根本の問題はそのまま残っている。ストレスから解放された状態を保ちたかったら、1日に何時間も瞑想し、しかも毎日続けなければならない。私のクライアントの中にも瞑想を試した人はたくさんいたが、彼らはたいてい途中で瞑想をあきらめている。

ハート・スクリーンのツールは、瞑想の正反対だ。まず、心を空っぽにすることは目指さない。ここでの解決策は、問題から自分を切り離す（心を空っぽにする）ことではない。むしろ問題と向き合い、根本から癒やすことを目指している。ハート・スクリーンのツールは、瞑想とまったく同じ効果をもたらすことができる。それに時間もまったくかからない。しかもそれだけでなく、問題を根本から癒やすこともできるのだ。

このハート・スクリーンのツールのコンセプトを説明すると、例のクライアントは、基本的には疑ってかかっていた。「つまり、ハート・スクリーンの瞑想をすれば、何度も同じことをくり返さなくてすむということなのか？」。これが彼にとって決め手になった。ずっとしゃべっている必要のない方法（または、そんなにお金がかからない方法）で、しかも家でもできるなら、試してみよう。

それからおよそ1か月後、彼から電話があった。最初、声を聞いただけでは誰だかわからなかった。とても親しげな口調で、私がいつの間にか彼のいちばんの親友になったのかと思ったほどだ。彼はただひたすら絶賛していた。「ああいうものをずっと探していたんだよ」と彼は言う。関節炎はすっかり治り、仕事もばりばりこなし、それに家族と過ごす時間も増えた。ハート・スクリーンのツールのおかげで、悪循環が断ち切られ、好循環が始まったのだ。彼はついに、本当の成功を達成することができた。

ハート・スクリーンにどんなイメージが映し出されるかによって、ハートの中で起こることが決まり、それがひいては外側の環境で起こることになる。あなたもまた、これまでの人生でずっとそうやって生きてきた。ただ自分では気づいていなかっただけだ。

ハート・スクリーンのツールは、本物の奇跡を起こすことができる。マスターするのにどんなに時間がかかっても、その価値は絶対にある。

「ハート・スクリーン」は他者とつながる

私たちは自分のハート・スクリーンに自由にアクセスすることができる。しかもそれだけでなく、**私たちのハート・スクリーンは、他の人のハート・スクリーンとつねに交信しているのだ。**機械の通信を「IT技術」と呼ぶなら、ハート・スクリーンの通信はさしずめ「スピリチュアル・ハート・テクノロジー」だろう。

無線でデータをやりとりするパソコンやスマートフォンと同じように、私たち人間のハート・スクリーンも、地球上に存在するすべてのハート・スクリーンを相手に無線通信を行っている。送受信しているのは、エネルギーのデータだ。このよそから送られてくるエネルギーのデータも、私たちの経験や健康状態に影響を与えている。

他者のハート・スクリーンから送られてきたデータは、すべて自分のプログラミングにも取り込まれる。たとえ自分では気づいていなくても、他者から送られてきたデータも、プログラミングの形成で大きな役割を演じているのだ。

物理学の世界では、すでに数十年も前から、ハート・スクリーンやスピリチュアル・

ハートが存在することが証明されている。最初のきっかけはアルバート・アインシュタインだ。1935年、有名な「アインシュタイン＝ポドルスキー＝ローゼンの実験」が行われ、遠く離れた物体でも互いに影響を与え合うことが証明された。しかし、それから長い間、この現象は一種の怪奇現象のように扱われていた。存在することは間違いないが、仕組みがわからなかったからだ。

実験の中身を説明しよう。初対面の二人の人間が、まず互いに自己紹介をする。名前、出身地、子供の人数など、大まかな個人情報を相手に伝え、お互いに「知っている人」になる。それから二人は別々の場所へ行き、「ファラデーケージ」に入る。お互いに相手の様子は見えない。ファラデーケージとは、外部の電場が遮断された空間だ。携帯のアンテナが5本立つような場所でも、ファラデーケージの中に入れば完全に「圏外」になってしまう。しかし、量子エネルギーならケージの中に入ることができる。

ケージに入った被験者は、さまざまな計器につながれ、生理的な反応や神経の反応を計測される。そして、一方の被験者の目にライトを当てると、もう一方のただ座っているだけの被験者も計器が同じように反応した。自分は目にライトを当てられたわけではなく、しかもライトを当てられているもう一人の様子も見ていないのに、まるで目にライトを当てられた人のような反応を示したのだ。

1935年以来、この実験は何度も再現されている。もし機会があったら、ぜひ現代の物理学者にこの話題を振ってみよう。きっと彼らは頭を抱えて、「その実験の話はやめてくれ！」と言うはずだ。たしかに有名な現象で、実験で何度も証明されているが、仕組みを説明することができないからだ。

この「離れた物体の相互作用の実験」は、私たちが量子エネルギーによってつねにつながっていることを証明している。特に、親しい人や、さっき会ったばかりという人はつながりが強い。地球上のすべての人とも、ある程度まではつながっているとも言えるだろう。

米国防総省が1998年に行ったある実験（注5）によると、人間が送受信しているエネルギーは、受け取った人の細胞に即座に影響を与えている。恐怖のエネルギーを受け取ればストレスとなり、愛のエネルギーを受け取ればストレス軽減になる。

このときの実験では、被験者の口の中から組織を取り、それを50マイル（約80キロ）離れた別の場所に置いた。次に、被験者に暴力的な映像を見せ、そのときのストレスレベルを計測する。ガルバニック皮膚反応（皮膚を流れる電流の変化）、心拍数の変化、神経活動の変化などだ。そして、被験者の身体がストレス反応を示すと、遠く離れた場所にある被験者の細胞も、同じようなストレス反応を示したのだ。

被験者は次に、心が落ち着くような映像を見せられる。すると計器もリラックスしていることを示す。そして今度もまた、50マイル離れた場所で、被験者の細胞も同じようにリラックスしている反応を示した。実に実験開始から5日たっても、細胞は被験者と同じ反応を示していたという。

つまり、私の言うハート・スクリーンや、スピリチュアル・ハート・テクノロジーは、単なるたとえ話ではないということだ。それらは現実に存在する。恐怖のデータも、愛のデータも、つねにあなたの細胞に影響を与えている。そして細胞が影響を受けると、生理機能も、思考も、感情も、信念も、外側の状況も、同じように影響を受ける。

この恐怖のデータと愛のデータは、自分のプログラミングから送られてくることもあれば、前の世代の記憶から送られてくることもある。それに加えて、親しい他人や、まったく知らない人から送られてくることもあるのだ。もちろん、気分が落ち込んだからといって、それがすべて他人のせいだというわけではない。

スピリチュアル・ハート・テクノロジーの科学的な仕組みがわかれば、昔から言われている「友達を選びなさい」という言葉がさらに重みを持つだろう。しかし、それはつまり、自分のハートを愛と光で満たし、今この瞬間を生きるようにすれば、周りの人にいい影響を与えられるということでもある。

愛と光は、つねに恐怖と闇よりも強い。だから、意識して愛だけを送り出し、愛だけを受け取るようにしていれば、恐怖を跳ね返す電気のシールドを自分の周りに張りめぐらすことができる。そうなれば、自分だけでなく、他の人の人生にもポジティブな影響を与えることができるだろう。

クライアントの一人に、自分の娘ともう10年も口をきいていないという女性がいた。最初の電話で、彼女は「私の問題は娘です」と言っていた。そこで私は彼女を説得し、とりあえず娘のことは考えず、自分の問題を癒やすことだけに集中してもらった。そして数か月がたち、自分のプログラムを組み直していく課程で、彼女はどんどん回復していった。

そしてある日、泣きながら電話をかけてきた。「今朝、プログラムを組み直すワークを行っていたら、最後まで残っていた怒りと、許せないという気持ちが消えました。ついに完全に癒やされたんです。そしてその瞬間に、玄関のチャイムが鳴りました。娘でした。玄関のところに立って、涙を流していました。そして腕を大きく広げて、『ママ、本当にごめんなさい。許してくれる？』と言ったんです」

私の長年のコーチも、同じような話をたくさん知っている。ただ愛だけを送り出すように自分のプログラムを組み直せば、周りのすべての人に癒やしの影響を与えることができるのだ。

ここであなたに質問がある。あなたは、自分のスピリチュアル・ハート・テクノロジーをコントロールし、他者のハート・スクリーンから愛を受け取るか、それとも恐怖を受け取るか選べるようになりたいだろうか？　それとも、周りからつねに送られてくる怒りや恐怖やストレスに翻弄《ほんろう》されるほうを選ぶだろうか？

パソコンの設定を変えれば、インターネットでアクセスできるデータの種類を制限することができる。スピリチュアル・ハート・テクノロジーもそれと同じだ。ただ愛のデータだけを送受信するように、設定を変えればいい。

愛のデータだけを通す経路は、わざわざ作る必要はない。誰でも生まれながらに持っているからだ。経路はすでに存在するのだから、あとは意識してその道を選ぶようにするだけでいい。ハート・スクリーンのテクニックを使えば、「愛」にダイヤルを合わせ、ただ愛だけを送受信できる。自分の細胞記憶も、周りの人の細胞記憶も、すべて愛で満たすことができる。

それではここで、愛にダイヤルを合わせたとき、私たちの身体の中で何が起こっているのか見てみよう。「愛のホルモン」とも呼ばれているオキシトシンという物質がある。オキシトシンは、愛を感じたときに脳内に分泌されるだけでなく、セックスをするときや、アイスクリームを食べるときなど、とにかく快楽を感じる行動をするときにも分泌される。オキシトシンは、恐怖とストレスのまさに対極にある存在だ。

前にも言ったように、そもそも人間は愛だけで生きていくようにデザインされている。とはいえ、現実の生活では、オキシトシンの出るような活動ばかりしているわけではなく、むしろそうなったら身体によくないだろう。

マーガレット・アルテマス博士とレベッカ・ターナー博士が行った研究によると、恋愛の記憶を思い出すだけで脳内にオキシトシンが分泌されるという（注6）。また、ダニエル・エイメン博士も同じような研究を行い、恐怖にまつわる記憶を思い出すと、ネガティブな思考や態度を引き起こすホルモンが分泌されることを発見した。「はじめに」でも触れたが、ストレス反応と、オキシトシンが分泌されたときの反応をまとめると、次ページの表のようになる（注7）。

このリストは、そのまま失敗と成功のリストと言ってもいいだろう。すべての失敗の根源には恐怖から生まれた記憶があり、そしてすべての成功の根源には愛から生まれた記憶がある。恐怖の記憶がストレスのスイッチを入れ、体内でコルチゾールが分泌され、そして表の左側にある症状が現れる。そしてハート・スクリーンに愛の記憶が映し出されると、脳内にオキシトシンが分泌され、右側の症状が現れる。

ここで嬉しいニュースがある。どちらの症状を経験するかは、自分で選ぶことができるのだ！　恐怖から生まれたプログラミングを持ち続け、いつもコルチゾールを分泌してストレスまみれになり、失敗ばかりの人生を選ぶこともできる。または、恐怖のプログラム

コルチゾール（ストレスホルモン）の影響	オキシトシン（愛のホルモン）の影響
頭の働きが鈍くなる	人間関係を向上させる
病気になる	親子の絆が深まる
エネルギーがなくなる	愛、喜び、平安が生まれる
免疫力が下がる	免疫力が高まる
痛みが増す	ストレスが減る
血圧が上がる	血圧が下がる
細胞が閉じる	細胞が開く
人間関係が壊れる	依存症や禁断症状を中和する
恐怖、怒り、抑うつ、混乱、羞恥心、自分を無価値だと思うといった問題を生む	ヒト成長ホルモンを刺激する
	正しい判断ができるようになる
すべてのことに対してネガティブになる（たとえ表向きは笑顔でも）	食欲、消化、代謝が正常になる
	癒やしが促進される
	リラックスする
	ストレスのないエネルギーが刺激される
	神経の活動が活発になる

を愛のプログラムに置き換え、今この瞬間を愛の気持ちで生き、愛とオキシトシンと成功のスイッチを入れるほうを選ぶこともできる。

私自身の経験や、この25年の間にクライアントたちから聞いた話を総合すると、恐怖のプログラムを愛のプログラムに置き換え、愛をもって生きること、今この瞬間を生きることを選ぶと、脳内にオキシトシンが絶え間なく分泌されるようになる。クライアントたちはみな、また20歳に戻ったように活力が増し、頭がすっきりし、健康になり、よりポジティブになったという。

プログラムを組み直したら、自分のスピリチュアル・ハート・テクノロジーを、少なくとも二つの方法で活用することができる。

一つの方法は、意識的に愛にダイヤルを合わせ、光と愛のデータだけを送受信すること。ハート・スクリーンには愛と光だけを映し出し、ただ光と愛だけを送受信する情景を想像する。前に学んだ、ハート・スクリーンのツールの使い方を思い出そう。愛と光も、恐怖と暗闇も、すべてあなたの中にあり、あなたの周りにあり、そして無線のデータの通り道にもある。その中から、つねに愛と光だけを選び出す。このスピリチュアルのヒーリング、スピリチュアルの掃除とメンテナンスを、日課の一つにしてしまおう。歯磨きと同じようなものだ。

愛にダイヤルを合わせると言われても、やり方がよくわからないという人は、自分の中にある良心（私は「愛のコンパス」と呼んでいる）に従おう。

目を閉じて、自分の中にあるすべての愛の記憶とつながっている様子を思い描く。前の世代の記憶も思い出そう。すべての愛する人、家族、友人、さらには知らない人ともつながっている様子を想像する。彼らのすべてに愛を送り、そして彼らのすべてから愛を受け取る。それを片時も休まずに行う。

恐怖の記憶については、自分の中にあるものでも、周りから送られてくるものでも、心配はいらない。光がつねに闇を消すように、愛はつねに恐怖を消す。このエクササイズを、毎日1時間ごとに行うようにしよう。愛にダイヤルを合わせ、愛のエネルギーだけを送受信し、仕事をしている間もずっと愛のメロディーをBGMとして流しておく。

あなたはもしかしたら、「もうついていけない」と思っているかもしれない。目に見えないものは信じられないかもしれない。もしそうなら、重力について考えてみよう。重力は目に見えないが、それでも存在を信じているのではないだろうか?

それにあなたは、目に見えない音の存在も信じているだろう。携帯電話やスマートフォンも持っているだろうし、やりとりされる音声やデータが目に見えなくても、普通に信じて使っているはずだ。私たち人間もそれと同じだ。つねにエネルギーを送り出し、エネルギーを受け取っている。昔からずっとそうだった。ただ最近になって、仕組みが科学的に解明されるようになってきただけだ。

ここで紹介している方法が、普通の瞑想や視覚化のテクニックと違うのは、本当にあるもの、今この瞬間に起こっていること、これまでの人生で実際に起こったこと、そしてこれからの人生でずっと起こることを見ているという点だ。勝手に作り上げたイメージではない。

普通の瞑想が「プラシーボ」や「ノーシーボ」の瞑想だとするなら、これは**「デファクト」の瞑想**と言えるだろう。私が教える視覚化の方法は、この地球上で唯一の創造的な力なのだ。すべてのことは、実際に起こる前に誰かによって想像されている。あなたもまた、生まれて初めて、自分の想像力を使って、自分の中に何かを創造しようとしている。

愛にダイヤルを合わせることの他にも、スピリチュアル・ハート・テクノロジーには便利な使い方がある。それは、私が「愛の絵」と呼んでいるもので、愛の記憶に集中することだ。前にも登場したアルテマス博士とターナー博士によると、これはオキシトシンが脳内に分泌されるきっかけでもある。

自分が完全に愛されたときの記憶を思い出す。そして「愛の絵」を自分のハート・スクリーンに映し出す。もし愛の記憶がまったくないというのなら、想像力を使って作り出せばいい。真実と愛から作られたものであるかぎり、効果は同じだ。

ある意味で、記憶が現実通りかどうかというのは取るに足らないことだ。スピリチュアル・ハートと無意識にとっては本当のことなのであり、そして今この瞬間に起こっていることでもある。本当の記憶か、それとも偽の記憶か正しく判断する必要はない――**ただその記憶を癒やせばいいだけだ**。本当の記憶でも偽の記憶でも、細胞に与えるダメージは変わらない。

とはいえ、スピリチュアル・ハート・テクノロジーのテクニックを使うのは難しい。愛の記憶に集中しようとしても、ストレスを抱えた状態にあり、愛の記憶以外のすべてを恐れているからだ。だからこそ、効果を最大限に出すには、まずプログラムを組み直すことが必要なのだ。

三つのツールを合わせて使う

最初のうちは三つのツールは別々に使い、それぞれの仕組みに慣れたほうがいいが、やはり三つのツールは一緒に使うことでいちばん効果を発揮する。練習を重ねれば組み合わせて使うことができるようになるだろう。成功を妨げているネガティブな思い込みがあるときは、特に大きな助けになる。方法を説明しよう。

(1) プログラムを組み直す「魔法の言葉」を使う。完全バージョンでもいいし、簡易バージョンでもいいし、または両方でもかまわない

(2) ステップ(1)の言葉が本当に信じられるようになったら、次の言葉に進む。そして、信じられない言葉が出てくるまでそのまま続ける

(3) 信じられない言葉にぶつかったら、「ハート・スクリーン」のツールと「エネルギー療法」のツールの両方を使って、間違った思い込みを癒やす。まずハート・スクリーンから始める。真ん中の線で上下に分かれているスクリーンを思い浮かべる。上半分が顕在意識で、下半分が無意識だ

(4) 信じられない言葉を視覚化し、スクリーンの上半分、つまり顕在意識の部分に映し出す。やり方はたくさんある。ただ文字だけを映し出してもいいし、視覚化するのが得意な人は何かのイメージに変換してもいい。文字よりもイメージにするほうが効果は大きい。たとえば、悲しみに暮れている自分、さんざん打ちのめされた自分の姿を思

い浮かべたり、傷ついた動物、しおれた植物を思い浮かべたりする。目を閉じて、それらが映し出されたハート・スクリーンを見つめる

(5) 次は祈りだ。どんな祈りにするかは、ハート・スクリーンに映ったイメージによって決まる

・言葉を文字の形で映し出したのなら、こう祈る――「光と（神の）愛を私のハート・スクリーンに映し出してください。他のものは一切映さず、ただそれだけを映してください。私のプログラミングの中で、すべてのイメージ、感情、思考、思い込みが癒やされますように。そして、自分は拒絶されているという恐怖と嘘の思い込みを捨てることで、受け入れられているという安心感が手に入りますように」（問題の内容は何でもかまわない）

・フレーズをイメージに変換して映し出したのなら、まず「これはイメージです」と指摘してからこう祈る――「光と（神の）愛を、私（または、この動物、この木、この物体など）の中に送り込んでください。私のプログラミングの中で、すべてのイメージ、感情、思考、思い込みが癒やされますように。そして、自分は拒絶されていると

いう恐怖と嘘の思い込みを捨てることで、受け入れられているという安心感が手に入りますように」（問題の内容は何でもかまわない）

・もしどうしても視覚化できなかったら、ただこう祈る――「なぜこのフレーズが言えないのか、自分でもわかりません。でも、ハート・スクリーンのどこかに原因があることはわかっています。光と（神の）愛を私のハート・スクリーンに映し出してください。他のものは一切映さず、ただそれだけを映してください。私のプログラミングの中で、すべてのイメージ、感情、思考、思い込みが癒やされますように。そして、自分は拒絶されているという恐怖と嘘の思い込みを捨てることで、受け入れられているという安心感が手に入りますように」（問題の内容は何でもかまわない）

(6)　リラックスして、ただハート・スクリーンに映っているものを観察し、そこにエネルギー療法のツールを加える

・ハートのポジションから始める。両手を胸の上で重ねる。もしできるなら、骨の上で皮膚を滑らせるように手を回す。10秒から15秒で回す方向を変える。その間ずっと、ハート・スクリーンの観察を続け、問題のステートメントに変化があるかどうか注意

する

・ハートのポジションを1分から3分続ける（ただし、もし癒やしの副作用が出たら、そこでやめるか、次のポジションに移る）

・時間が来たら、次はおでこのポジションに移る。つねにリラックスして行うこと。そして折に触れてハート・スクリーンに映っているものを観察する

・時間が来たら、次の頭頂部のポジションに移り、同じ手順で行う

(7) リラックスして、ハート・スクリーンに映ったものを観察しながら、フレーズを完全に信じられるようになるまでエネルギー療法の三つのポジションをくり返す。時間はだいたい2分から3分になるだろう

(8) 問題のフレーズが本当に信じられるようになったら、次の言葉に進む。プログラムを組み直す言葉の最後まで来て、すべての言葉を信じられるようになったら、再プログラミングは完了だ。これであなたは、成功するプログラムを持つ人に生まれ変わった

肉体、感情、スピリチュアルはすべてつながっている

肉体の生理機能にもっとも大きな影響を与えるのがエネルギー療法のツールで、顕在意識にもっとも大きな影響を与えるのがプログラムを組み直す「魔法の言葉」のツール、そしてスピリチュアル・ハートにもっとも大きな影響を与えるのがハート・スクリーンのツールだが、三つのツールの働きは重なっていて、お互いに影響を与えている。

三つのツールを使って自分の経験をリセットするには、時間をかけてスキルを身につけていかなければならない。練習するほど熟達していくだろう。

さあ、これで三つのツールの使い方は理解できた。パート3では、成功を妨げている問題の根源を探り当てる方法を、もっと具体的に見ていくつもりだ。問題の根源がわかれば、自分でスピリチュアル・ハートの再プログラミングを行い、理想の人生を実現することができるだろう。しかしその前に、もう一つ確認しておきたいことがある。それは、ストレス目標ではなく、成功目標を決める方法だ。

（注）

1　Donna Eden (with David Feinstein), Energy Medicine (Tarcher/Penguin, 2008), 23, 32, 76–78.

2　M. Andrew Holowchak, Freud: From Individual Psychology to Group Psychology (Rowman & Littlefield, 2012), chapter 2.

3　㈱浜松ホトニクス中央研究所の平松光夫博士が率いる研究チームは、人間の身体の部位で手がいちばん多くのエネルギーを放出することを発見した。ここで言うエネルギーとは光、または光子のことであり、計測はフォトンカウンターで行われた。『the Journal of Photochemistry and Photobiology B: Biology』の中で発表された研究では、人間のおでこと足の裏からも計測可能な光子が放出されていることがわかった。Kimitsugu Nakamura and Mitsuo Hiramatsu, "Ultra-Weak Photon Emission from Human Hand: Influence of Temperature and Oxygen Concentration on Emission," Journal of Photochemistry and Photobiology B: Biology 80, 2 (August 1, 2005): 156–160: and Jennifer Viegas, Discovery News, September 6, 2005, www.abc.net.au/science/articles/2005/09/07/1455010.htm#.UaNAhLW1GCk を参照。

4　なぜ「コントロールすること」がこの場合での望ましい結果なのか疑問に思っているかもしれない。最終的な結果はコントロールしてはいけないのだから、なおさら疑問だろう。しかし、このステートメントの役割は、自分を再プログラミングして、現在の自分の行動をコントロールできると感じるようになることだ。意志の力を使って結果をコントロールするのとは違う。これが、健全なコントロールと、不健全なコントロールの違いだ。この点については第5章で詳しく説明している。

5　Alexander Loyd with Ben Johnson, The Healing Code (Hachette, 2011), 63.

6　Rebecca Turner and Margaret Altemus, "Preliminary Research on Plasma Oxytocin in Normal Cycling Women: Investigating Emotion and Interpersonal Distress," Psychiatry: Interpersonal and Biological Processes, 62, 2 (July 1999): 97–113.

7 Sources: Cort A. Pedersen, University of North Carolina–Chapel Hill; Kerstin Uvnas Moberg, The Oxytocin Factor: Tapping the Hormone of Calm, Love, and Healing (Pinter & Martin, 2011).

第5章　成功目標とストレス目標

第1章でも見たように、人の行動はすべて「目標」で決められている。ここでの問題は、たいていの人が、自分がどんな目標で動いているか知らないことだ。自分がどこから来たかもわからないし、目標が正しいか間違っているかもわからない。自分がどこへ向かっているかもわからないし、そしてもちろん、目標を変える方法もわからない。

皮肉なことに、私たちの多くは、小さな事柄なら明確な目標を決めている。たとえば、身体を清潔にするとか、どんな服を着るかとか、家を掃除するとか、そういうことだ。

私のクライアントには、軍の関係者や、完璧主義の女性がたくさんいる。彼らはみな、人生の外側の状況については、厳格な規則を決めてきちんと守っている。それなのに、人間関係や、過去の記憶など、内面の問題では苦労することが多い。

内面の問題については、多くの人が無意識のうちに目標を決め、自覚がないままその目標の通りに生きてしまっている。それが、健康問題、経済問題、心の問題、人間関係の問題などの悪循環から抜け出せない理由だ。そして最後には、人生で本当に大切な分野ですべて失敗してしまうのである。

そこであなたには、今から10分間、祈りを捧げるか、瞑想をしてもらいたい。そのとき、自分にこう尋ねる――「私は自分の意志で、いちばん大切な分野の目標を立てているだろうか？　その目標は、健全で、正しくて、愛と真実から生まれているだろうか？　車はいつも完璧な状態かもしれないが、私の怒りの感情はどうだろう？　洗濯物は片づいているかもしれないが、子育てについてはどうだろう？」

今のあなたは、内面の状態が外側の状況を決めていることを知っている。だから、内面の目標を決めることの大切さも理解できるだろう。問題は子育てかもしれないし、または怒りをコントロールできないことかもしれない。ともかく、いちばん大切なことできちんとした目標がないことに気づいたのなら、きっとこの章が役に立つ。真の成功へと続く目標を立てることができるようになる。

では、どうすれば、本物の成功につながるような目標を立てることができるのだろうか？

数年前、健康問題を抱える男性が私のところにやってきた。やがて身体のほうはよくなったのだが、彼にはまだ問題があった。彼はこんなことを言った。「先生、私は10年前からある目標に向かって努力しているのですが、まったく達成できません。先生にこんなお願いをしていいのかわかりませんが、力になってもらえないでしょうか」

そこで私は、もっと詳しく話を聞いた。話によると、彼は小さな街でわりと大きなビジネスをしている。10年前からの彼の目標は、1年で100万ドル稼ぐことだ。会社の売上が100万ドルという意味ではない。自分のポケットに入るお金が100万ドルという意味だ。そしてこの10年で、いちばん目標に近づいた額は50万ドルほどだった。50万ドルでもたいしたものだが、彼は満足できなかった。目標を達成できない不満をいつも抱えていた。

この紳士は、いわゆる**「タイプA」**の性格だ。高い目標を掲げ、そのための努力も惜しまない。そして自分の決めた目標を達成できなければ決して満足しない。彼はいつも前のめりになっていた。週に80時間働き、従業員にも同じくらいの長時間労働を要求していた。残業代を出さないこともよくあった。毒舌で知られ、仕事も手抜きが多かったので、業界での評判もよくない。あらゆる人間関係で問題を抱え、健康状態も悪化する一方だった。

そこで私は、次の質問に移った。「1年で100万ドル稼ぎたいという目標について、もっと詳しく教えてください。そのお金で何をしたいですか？　そのお金があれば、あなたの人生はどう変わりますか？」

彼はすらすらと答えてくれた。彼のハート・スクリーンには、10年前からずっと具体的な目標が映し出されていた。丘の上に豪邸を建て、街全体を見下ろして暮らしたい――それが彼の夢だった。それに新車の真っ赤なスポーツカーも欲しいし、豪華なゴルフ旅行にも行きたい。

丘の上の豪邸とスポーツカーが欲しい理由を尋ねると、自分が成功者だということが一目でわかるからだという答えが返ってきた。そうやって成功を見せびらかし、羨望のまなざしを向けられたいと言う。ここでの問題は、目標そのものではない。その目標を決めた動機が、本当の問題だ。私は彼に、お力になりましょうと答えた。ただしそのためには、彼の目標に外科手術を施す必要がある。彼はしぶしぶながら同意した。

1年で100万ドル稼ぎたいと思うのは一向にかまわない。しかしこれは、**「目標」ではなく、「欲求」にするべきだ**（両者の違いについてはあとで詳しく説明する）。100万ドル稼げば、家を買うことができる。ただし、丘の上の豪邸ではない。車も買えるが、真っ赤なスポーツカーではない（もちろん、どちらもそれ自体が悪いわけではない。問題は彼の動機だ）。そして豪華なゴルフ旅行は、家族旅行に変える。

そして、稼いだお金の一部をチャリティーに寄付することにした。仕事の専門知識を使って、地域に貢献するという目標も加えた。また、労働時間は週に50時間までと決めた。従業員の労働時間を減らし、給料を上げ、さらに福利厚生を充実させる。エクササイズ、瞑想、散歩の時間も決めた。もっと健康的な生活を送り、家族との時間も増やす――私の狙いが見えてきたのではないだろうか？

彼の目標は完全に作り替えられ、最終的にはこうなった——まず成功「欲求」（目標ではない）は、次の年に100万ドル稼ぐこと。ただし稼いだお金はいいことのために使う。健全で、健康的で、人のためになること——言い換えると、愛のために使うということだ。そして成功「目標」は、**今この瞬間を愛の気持ちで生きること、そして「欲求」を達成するためにやるべきことをやること**だ。ただし、結果に執着してはいけない。すべてを愛（または神）にゆだねること。

これを達成するには、まず彼の内面のプログラムを組み直さなければならない。それが終われば、自分の欲求を満たしながら、正しい目標に向かっていけるだろう。

カウンセリングで最後に会ったとき、彼は私のやり方にまったく納得していなかった。「これでうまくいくわけがない。もし先生に健康問題のほうを治してもらっていなかったら、完全に頭がおかしい人だと思っているところだ」と言っていた。

それからおよそ1年半後、その男性から電話があった。声だけではまったく誰だかわからず、相手が名乗って初めて彼だと気がついた。「先生、私です。覚えていますか？　あなたのことを頭がおかしいと言った、あのストレスまみれの男です」——これが彼の最初の言葉だった。

彼は続けてこう言った。「あれから先生に言われた通りにしてみたんです。そうしたら、翌年は100万ドル稼ぐことができました。実際は150万ドル以上です。今年の稼ぎはそれよりも多くなりそうだ。今になっても、何でこんなことになったのかまったくわかりません。まるで魔法のようです。しかも労働時間は、それまでいちばん短かったのですから」

彼の話によると、どうやら人生のすべてが変わったらしい。今は健康で、幸せで、人間関係も良好で、街での評判も180度変わった。街でいちばんの仕事をすると評判で、お客は順番待ちのリストができている。価格を下げ、手抜き工事もしなくなった。従業員も彼を慕っていて、誰もよそに移りたいとは思っていない。社内はいつも喜びに満ちていて、他のどの会社でも味わえないような仲間意識がある。

自分の内面を再プログラミングして、ストレス目標を成功目標に変えると、外側の欲求はいとも簡単に叶えられた。彼のような例は、他にもたくさんある。物質的な欲求や、偽りの目標に惑わされず、自分が本当に欲しいものを見つけてそれをもとに成功目標を定めれば、必ず成功することになっているのだ。

「目標」と「欲求」の違い

もうおわかりかもしれないが、すべてのカギを握るのは、どんな目標を設定するかということだ。ここからは、成功目標とストレス目標の違いをはっきりさせていこう。

まずは言葉の定義から始めよう。最初の言葉は「欲求」（または「希望」）だ。成功につながる欲求には、四つの条件がある。

①　真実であること
②　愛であること
③　第1章で決めた「究極の成功目標」と調和していること
④　未来のことであること

愛と真実についてはすでに何度か説明した。ここでは、愛と真実の意味について、もっと具体的に見ていこう。

①　真実とは、状況の客観的な事実のことだ。必要なリソースや、ニーズ、能力、市場の動向、お金の問題、時間的な問題など、とにかく欲求を達成するのに必要なことで、客観的に測定できることだ。これは、欲求の「何」の部分にあたる。たとえば、72歳になる紳士が、プロフットボールのクオーターバックになりたいという欲求を持っているとしよう。彼の欲求は、真実と調和しているだろうか？　状況にまつわる客観的な事実から、可

能だと判断できるだろうか？

② 一方で「愛」は、状況にまつわる主観的な事実を指している。「何」ではなく、「なぜ」の部分だ。そもそも、その「欲求」を持ったのはなぜなのか。誰のための欲求なのか。利己的な動機で、あなたが欲求を叶えることで誰かが何かを失う、または誰かが傷つくことになるのなら、その欲求は愛の基準を満たしていないことになる。

72歳でプロのクオーターバックになりたいという欲求は、真実の基準は満たしていないかもしれないが、愛の欲求を満たすことなら十分にできる。逆に、先ほどの男性の100万ドル稼ぎたいという欲求は、真実の基準は満たしているかもしれないが（会社を経営していて、それなりに成功しているという状況を考えれば、可能と考えておかしくない）、愛の基準は満たしていない。彼の動機を見れば、それは明らかだろう。

つまり、どちらの欲求も成功欲求の基準を満たしていないということだ。会社を経営する男性の場合は、欲求の中身を見直し、自分の時間とお金を他者のために使うことにしたので、愛の基準も満たすことができるようになった。

欲求について、あと一つだけ指摘しておきたい。欲求は、「究極の成功目標」と矛盾しない内容でなければならない。第1章に戻り、「何よりも欲しいものを手に入れ、想像した通りの結果になったら、どんな気分になるだろう？」という質問について、もう一度よく考えてみよう。

究極の成功目標は、物質や外側の状況ではなく、あなたの内面であるべきだ。それは心の平安かもしれないし、愛かもしれないし、喜びや安全かもしれない。とにかく、内面がポジティブな状態になることだ。あなたの行動は、すべてそれを目指して行われている。だから、究極の成功目標である内面の状態と矛盾するような欲求を持つと、かえって逆効果になるということだ。

例をあげよう。中年の父親がいるとする。彼の究極の成功目標は心の平安だ。そして成功欲求は、大学に入り直して工学の学位を取ることだ。そこで彼は、家から通えるところにあり、優秀な工学部があることで有名な大学に願書を出した。結果は合格だった。彼は有頂天になった！

しかし実際に学校に通い始めてみると、心の平安という究極の成功目標と矛盾していることに気がついた。仕事と学校の両立で忙しくてストレスがたまり、さらに家族との時間がとれないこともプレッシャーになっていた。このストレスは、計画の見直しが必要だというサインだ。もしかしたら、工学以外の学位に変えたほうがいいのかもしれない。またはもしかしたら、大学はすっぱりあきらめるべきなのかもしれない。ここで大切なのは、**究極の成功目標を、成功欲求の犠牲にしてはいけない**ということだ。

そして最後に、欲求とはたいてい、まだ起こっていないことを願う気持ちだ。だから欲求を他の言葉で言い換えると、**「希望」**になるかもしれない。それは、内面で望んでいる何かであり、信じている何かであり、起こって欲しいと思っている何かであり、目標にして頑張っている何かであるが、それが本当に起こるかどうかはわからない。欲求は、私たちの進む方向を決めてくれる。

欲求について大切なことはもう一つある。欲求を決めるときは、それが実現することを期待してはいけない。欲求に向かって努力しているときもそれは同じだ。結果はすべて、神（または愛）にゆだねなければならない。

「目標」の条件

さて、次は「目標」の定義だ。目標もまた、次の四つの条件を満たしている必要がある。

① **真実であること**
② **愛であること**
③ **100パーセント自分でコントロールできること**
④ **今この瞬間に実現できること**

この四つの条件をすべて満たしていれば、それは立派な成功目標だ。

四つの条件のうち、欲求と決定的に違うのは③の「１００パーセント自分でコントロールできる」という点だ。ここでは絶対に１００パーセントでなければならない。つまり、今すぐできることか、または今から30分以内にできることでなければならない。真実が目標の「何」の部分で、愛が「なぜ」の部分だとしたら、コントロールは「どうやって」の部分だ。この条件があることによって、成功目標の範囲がだいぶ狭くなるだろう。しかし、これは絶対に必要な条件だ。

たいていの人は、この③の条件をなかなか受け入れることができない。たとえば、１００万ドル稼ぎたいというあの男性の場合、稼ぐ額を１００パーセント自分でコントロールすることはできない。だからこれを目標にすることはできない。

また、ここで言うコントロールとは、健全なコントロールだ。不健全なコントロールとは、第4章でも少し触れたが、１００パーセント自分でコントロールできない結果を欲しがることだ。それは真実でもないし、愛でもない。

意志の力を使ってムリヤリ結果を出そうとするのはかえって逆効果だという考え方も、すぐに納得できない人が多い。

たとえば、私のクライアントたちにも、自分の外側の期待は完全にポジティブだと主張する人がたくさんいた。

そこで私は、もしその期待通りの結果にならなかったら、何を考え、どう感じ、何を信じるかと尋ねる。彼らは一瞬、困惑した表情を浮かべると、そうなったらひどい気分になるだろうと答える。この反応は予想通りだ。

ここで思い出して欲しいのは、無意識のいちばん大切な仕事は、私たちを危害から守ることであって、ポジティブなものを作り出すのは目的ではないということだ。そのため、私たちの中には葛藤が生まれる。顕在意識ではポジティブなつもりだが、無意識では、少なくとも部分的にはネガティブになっている。この不協和音がストレスを生む。そして大切なのは、顕在意識と無意識が戦うと、いつでも無意識が勝つということだ。

100パーセント自分でコントロールできないのに、無理に理想の結果を出そうとすると、ストレスがとてつもなく大きくなる。それにほとんどの人は、その状況で望み通りの結果を出すことはできない。たとえ結果を出しても、長い目で見れば幸せではないし、満たされてもいない。


たしかに、大きな結果は信念から生まれる――しかし、どんな信念でもいいというわけではない。真に偉大な結果は、すべて真実を信じる気持ちから生まれている。健全なコントロールは、いつでも愛と真実が根底にある。

ごくシンプルに言えば、健全なコントロールとは、正しい行いだ。逆に不健全なコントロールは、あなたが目指している結果を台無しにしてしまう。なぜならつねに恐怖から生まれているからであり、そしてすべての恐怖は嘘を信じることから生まれる。

心配（ストレス）と、不健全なコントロール（結果を生む信念とは対極にあるもの）は、基本的には期待や意志の力と同じようなものだ。心配が期待であり、不健全なコントロールが意志の力だ。意志の力だけで期待を実現しようとすると、自分との調和が失われ、慢性的なストレスにさらされる——たとえ本人はそれに気づいていなくても。

つまり、目標は、100パーセント自分でコントロールできなければならず、しかも健全なコントロールでなければならないということだ。何かを健全にコントロールできるなら、それを今すぐに実現することもできる。それに、その結果を見れば、それが健全なコントロールだったたか、それとも不健全だったたかが容易にわかる。健全なコントロールは平安と喜びを生み、不健全なコントロールは不安とストレスを生むからだ。

それでは、自分の目標が、正しい目標の定義に当てはまらなかったらどうすればいいのか。

定義に当てはまらない目標は、成功目標ではなく、ストレス目標と呼ばれる。自分の目標がストレス目標だとわかったら、とるべき道は一つしかない。それは、目標を変えることだ。ストレス目標を目指すのは、失敗への最短距離になる。たとえ真実と愛の条件は満たしていても、100パーセント自分でコントロールできないのなら、ストレスのもととなる期待が生まれ、そのせいで失敗するからだ。

自分の目標がストレス目標なのか、それとも成功目標なのか、いちばん簡単に見分ける方法を教えよう。今の自分に、不安、不満、イライラなど、怒りに付随する感情があるなら、それはストレス目標を追い求めているからだ。まず再プログラミングを行って、愛をもって生きられるようにならなければならない。

不安や怒りは、必ず失敗につながる。仕組みを説明しよう。

・何らかの形で不安や怒りがあるなら、あなたの目標はストレス目標だ

・ストレス目標を追い求めている人は、遠からず不安、恐怖、心配、悲しみ、不寛容、自分は価値がない、罪悪感、羞恥心、恐怖から生まれる思考や思い込みなどを経験する

・現在の状況に対して、ネガティブな思考、感情、思い込みがあるなら、あなたは「比較」という問題を抱えている

・「比較」の問題があるということは、「期待」の問題もあるということだ

・「期待」の問題があるということは、意志の力を使って欲しいものを手に入れようとしているということだ

・意志の力で状況をコントロールしようとしているということは、ストレスを抱えているということであり、ストレスはいずれ必ず失敗につながる（ストレスのある状態を別の言葉で表現すると、不健康で、不幸で、現在の状況に満足していないということだ）

・目標を達成できなかったのなら、それはストレス目標だったということだ

反対に、外側がどんな状況でも、内面は喜びと平安を感じているなら、正しく成功目標を設定したということだ。もちろん、たとえ成功目標を持っていても、失望することはある。しかし、正しい目標を目指している人は、そこですぐに立ち直り、絶望することはない。どんな状況でも、どんな障害があっても、内面は深い喜び、平安、充足感、感謝の状態だ。

ストレス目標は即席の快楽を求める気持ちから生まれている。この法則に例外はない。成功目標を達成するには、結果を神（または愛）にゆだね、すべての瞬間で愛を選ぶために、快楽を遅らせることが必要になるからだ――そして本書を通してずっと言っているように、その姿勢こそが幸せへのカギだ。これに反することは、すべて失敗につながる。

ストレス目標を健全な欲求に変える

ストレス目標からすべてのストレスを取り除くのは簡単だ。ただ健全な欲求に変えるだけでいい。

たとえば、吹雪の日に牛乳が切れて、どうしても歩いて買いにいかなければならないとしよう。スーパーまでの距離は2・5キロほどあり、しかも足場の悪い森の中を歩いていかなければならない。足元に注意していないと転んでしまうだろう。スーパーは高いアンテナのすぐ隣にあり、そのアンテナは自宅からも見ることができる。

そこで質問だ。あなたはスーパーまで、ずっとアンテナを見上げながら歩いていくだろうか？　もちろん答えは「まさか！」だろう。ときおり見上げることはあるかもしれないが、無事にスーパーに到着したいのなら、足元をしっかり見て歩かなければならない。足をひねってねんざしたり、穴に落ちたりしたら、スーパーへ行くという第一の目的を果たせなくなるからだ。つまり、最終的な結果ばかりを見ていたら、その結果にたどり着けないということだ。

成功目標までの道のりには、危険な森と同じように、たくさんの穴や木の根っこがある。人生でもっとも大切なことほど、それを手に入れるまでの道のりは平坦ではない。ときには道が見えないことさえある。

それなのに、たいていの自己啓発プログラムは、アンテナだけを見ていなさいと言っている。アンテナの姿を思い描き、実際に触れたところを想像する。絶対にアンテナから目を離さない。そうでないと、アンテナにはたどり着けないと言う。そしてそのアドバイス通りにした結果、あたりは転んで起き上がれなくなったり、穴に落ちて這い上がれなくなったりした人たちであふれることになる。それもこれも、足元をしっかり見ていなかったからだ。

アンテナは「欲求」であり、「目標」ではない。あなたの目標は、きちんとした足場に次の一歩を踏み出すことだ。なぜなら、次の一歩の積み重ねが、最終的に欲求を手に入れることにつながるからだ。アンテナのことは片時も忘れないし、たまに顔を上げてアンテナの姿を見る。そうやって自分が正しい方向に進んでいることを確認する。

しかし、道の半分まで来たときに、寒くて、疲れて、お腹が空いて、もう家に帰りたくなったとしよう。そのとき、ちょうど知り合いの家の近くを通りかかる。知り合いはあなたに、どこへ行くのかと尋ねる。あなたは、スーパーに牛乳を買いに行くと答える。すると知り合いは、「わざわざスーパーまで行くことはないよ。ここからすぐのところにコンビニがあるから」と言う。そこで知り合いにお礼を言い、目的地を変えてコンビニに向かい、牛乳を買って帰る。これで時間は半分ですんだ！

これが、最終的な結果を手放すということだ。欲求に向かって一歩ずつ着実に歩いていくが、それ以外の可能性に対してもつねにオープンでいる。他にもっといい目的地が見つかれば、方向転換する。未来のことは誰にもわからないのだから、最初に決めた結果にこだわる必要はない——ただそれを認めればいいだけだ。それに加えて、最悪の結果だと思っていたものでも、長い目で見れば最高の結果だったということもあるだろう。

たとえば私にとっては、結婚3年目でホープに追い出されたのがまさにそれだった。当時は、もう人生は終わりだとまで思いつめていた。しかし、もうお話ししたように、あれは私の人生で最高の転機になった。

正直なところ、25年前は、自分がここまでの成功を達成できるとは想像もしていなかった。もし最終的な結果にばかりこだわっていたら（つまり、周りの期待に応えることばかり考えていたら）、今の私は存在していなかっただろう。当時は、今の私の仕事は存在さえしていなかったのだから！

このような体験をしたのは、何も私だけではない。大勢の人を前に講演するとき、私はよくこんな質問をする。「最初は最悪の出来事だと思ったけれど、あとから考えたらとてもよい出来事だった、または人生で最高の出来事の一つだったとわかるという経験をしたことがある人は手をあげてください」。すると、たいてい、ほぼすべての人が手をあげる。

私の経験から言えば、たいていの人は人生の目標があまりにも低すぎる。たとえばそれはお金だったり、出世だったりする。そこには愛も、喜びも、平安も、親密で心が満たされる人間関係も、内面の幸せもない。ここで、第1章を思い出そう。ある特定の結果を目標にすると、たとえそれを達成しても、なぜか達成する前よりも惨めになってしまうことが多い。なぜなら、それでも内面は満たされないということに気づいてしまうからだ。

ここで大切なのは、自分にとっていちばんの結果を決めるとき、理性や顕在意識はあまり頼りにならないということだ。あなたも自分の経験から、それは実感できるだろう。私たちにできるのは、今この瞬間を、愛と真実をもってきちんと生きることだけだ。

いつでも今この瞬間を愛と真実をもって生きられるようになったら、自分は大きな成功を収めているということを実感するだろう。他の誰かをうらやましく思う気持ちもなくなるはずだ。

人は誰かを愛していると、ごく自然にストレス目標を健全な欲求に変えることができる。たとえば、あなたも、あなたが心から愛する人も、何か「今日やりたいこと」があるとしよう。愛する人が、目をキラキラ輝かせながら「今日はこれがやりたいの」と言ってきたら、自分のやりたいことなど簡単にあきらめて、相手の希望に合わせるだろう。

その人を本当に愛しているなら（つまり、「はじめに」で見たように、エロスの愛ではなくアガペーの愛で愛しているなら）、自分のやりたいことをあきらめるのは、嫌々そうするわけではないし、義務感からでもない。愛の力で、「そうしなければ」が「そうしたい」に変化したのだ。愛の力で、相手のやりたいことが、あなたのやりたいことになった。

この境地に到達するのはたしかに難しい。最終的な結果がすべてだという考え方に、ずっと支配されてきたからだ。今の社会は、結果がすべてだ。伝説のフットボール・コーチのヴィンス・ロンバルディも言っていたように、「勝利はすべてではない。勝利は唯一のものだ」ということだ。

しかし、どうやらロンバルディは、この言葉が「結果がすべて」という意味で解釈されたことで、かなり苦労を味わってきたようだ。彼自身は、そういう意味で言ったのではないからだ。

彼にとっての勝利とは、すべてを出し切ったという満足感でフィールドをあとにすることであり、選手たちにもいつもそう言っていた。勝敗は関係ない。つまり、あのヴィンス・ロンバルディでさえ、勝利は結果ではなく、過程であると考えていたということだ。そもそも、過程の積み重ねが結果になるのだから。

PART 3

「偉大なる原則」を実践する

第6章　あなたの成功を妨げている根本的な問題

さあ、今まで学んだことをついに生かすときがやってきた。

成功へのカギは、今この瞬間を愛の気持ちで生きることだ。私が生まれるずっと前から、多くの人が同じことを教えていた。たとえば、宗教の指導者や、カウンセラー、自己啓発の専門家などだ。

これまでにも多くの人が、意志の力を使って、今この瞬間を愛の気持ちで生きることを目指してきただろう。そして、失敗する自分を責めてきたかもしれない。

他の人のすごいサクセスストーリーを読んだり、アドバイスを聞いたりしていると、できない自分が悪いとしか思えなかった。しかし、ここではっきりさせておこう。

「それはあなたの責任ではない！」

そのことだけは、きちんと理解してもらいたい。罪悪感も、羞恥心も捨ててしまおう。

悪いのはあなたではない。ただ、成功する可能性がほぼないことをやらされていただけだ。

意志の力に頼らなくても成功できるように、自分のプログラムを組み直すのだ。この本ではずっとコンピューターの比喩を使って説明してきたので、ここでも同じように説明しよう。新しい成功のツールを使うと、自分の中に新しいソフトがインストールされ、自動的にプログラムの組み直しが行われるのだ。私たちはただ、パソコンの前に座ってキーボードを叩くだけでいい。そうすれば、それまで不可能だったことが可能になる。

それでは、まずはあなたの現状を診断するところから始めよう。

自分の中にあるコンピューターウィルスを見つける

私のクライアントの多くも、三つのツールや偉大なる原則を使う前に、まず基本的なプログラムの組み直しが必要だった。この章では、自分の状態を診断する二つの方法を紹介しよう。ここではそれぞれ違う角度から診断するが、一緒に使うことで力を発揮し、問題の根源にある記憶を癒やすことができる。この基本的なプログラミングが終わったら、40日間の本格的なプログラムに取り組むことができる。

ここで注意してもらいたいことがある。自分のプログラムを組み直していくと、記憶の奥底にしまっていたもっとも大きな問題がよみがえることがある。

今は当面の問題だけ解決したいのであって、奥底に眠っている問題までは手をつけたくないと思っているのなら、そこでやめて、次の章にいってもかまわない。第7章に出てくる「成功の地図」のプログラムでも、同じように診断することができる。それに準備ができたら、またこの章に戻ってきて、再プログラミングを完成させればいい。

それでも、今ここで基本的な診断を終わらせておけば、成功の地図のプログラムで成果が出るのが格段に早くなるだろう。診断の結果の中には、意外なものもあるはずだ。その驚きが、成功のカギを握ることになるかもしれない。

診断1　魔法のランプの逆バージョン

不安はほとんど現代病と言ってもいいだろう。アメリカでは、約4000万人の大人が実際に不安障害の診断を受けている（アメリカの大人の約18パーセントだ）。そして、正式な診断は受けていないが、日々不安に悩まされている人となると、それよりもはるかにたくさんいる（注1）。

あまりに多くの人が恐怖の依存症のような状態になり、つねにストレスを抱えている。

ボストン大学のトーマス・ペリス博士は、100歳以上まで生きた人を対象に、史上最大規模の研究を行った。博士によると、長生きをする人は、そうでない人に比べて心配が少なかったという（注2）。ペリス博士の発見は、病気の原因の95パーセントはストレスだという私たちの主張とも合致する。恐怖がストレスを生むという事実を考えれば、心配しない人（つまり恐怖がない人）のほうが命にかかわる病気になる確率が低くなるというのは理にかなっている。

この「魔法のランプの逆バージョン」の診断法では、今この瞬間に、あなたの中に存在する恐怖を見つけ出すことができる。第1章に登場した、究極の成功目標を見つける三つの質問を覚えているだろうか？　覚えていない人のために、もう一度ここでおさらいをしておこう。

質問1　あなたが今、他の何よりも欲しいものは何だろう？　魔法のランプに何をお願いするだろう？

質問2　質問1で答えた「何よりも欲しいもの」が手に入ったら、自分はどうなるだろう？　人生はどう変わるだろう？

質問3　何よりも欲しいものを手に入れ、質問2で想像した通りの結果になったら、どんな気分になるだろう？

この診断方法にも、三つの質問がある。しかし今度の質問で尋ねるのは、いちばん欲しいものではなく、いちばん恐れているものだ（だから魔法のランプの逆バージョンになる）。いちばん恐れているものがわかれば、プログラムを組み直す必要のある箇所がわかり、無意識に巣食うコンピューターウィルスを駆除することができる。それでは、まず質問1から考えていこう。

質問1　あなたが今、他の何よりも恐れているものは何だろう？　時間をかけて、じっくり考えてもらいたい。答えが見つかったら、詳しく描写して書こう

質問1の答えは、あなたが今、意志の力を最大限に動員して取り組んでいる問題だ。ネガティブな期待であり、ストレスの源だ。もしそれが現実になったら、もう終わりだと思っている。そして皮肉なことに、あなたは今まさに、そのもっとも恐れている状況を自分で作り出しているのだ。

なぜかというと、第一に、あなたがその答えを出したのは、そのイメージがすでにスピリチュアル・ハートに映し出されているからだ。そして第二に、私たちのハートは、現実と想像の区別ができない。想像でしかないことも、ハートにとっては現実だ。つまり、スピリチュアル・ハートに映し出されているなら、ハートにとっては実際に起こっているのと同じなのだ。

そしてハートがそう考えるなら、肉体も同じように受け取る。つまり、いちばん恐れていることのイメージを思い浮かべるたびに、ハートが肉体の生理機能に働きかけ、想像の中にある恐怖に備えようとする。実際は何も起こっていないのに大きなストレスを感じ、戦うか、それとも逃げるかのモードに入ってしまうということだ。

質問2　質問1で答えた「何よりも恐れているもの」が実際に起こったら、自分はどうなるだろう？　人生はどう変わるだろう？

質問2の答えは、あなたについてより多くのことを教えてくれる。この質問からわかるのは、今あなたの周りにある状況のうち、あなたが失いたくないと思っているものだ。または、今は持っていなくて、この先、ムリヤリ持たされるのを恐れているものだ。

質問1と同じように、質問2の答えも、あなたの今の状況を表している。おそらく、その状況が勝手に起こったのではなく、あなたが恐れているから起こったのだろう。

たいていの場合、質問2の答えが現実になることはない。調査によると、**心配していることの90パーセントは起こらない**と言われている。それに、たとえ起こったとしても、想像していたほどひどい事態にはならない。

ダン・ギルバート博士は、「私たちが幸せを感じる理由」というTEDトークの中で、宝くじに当たった人と、何らかの理由で身体が麻痺した人に関する調査を紹介している（注3）。調査の開始時では、宝くじに当たったばかりの人の幸福度は、身体が麻痺したばかりの人よりも大幅に高くなっている。しかし半年後には、違いはほとんどなくなっていた。この現象は「心理的適応」と呼ばれている（ただし、心理的適応は対処のメカニズムであり、根本的な治癒ではない。むしろまだ治癒していないというサインになる）。

この調査からわかるのは、「そんなことになったら人生終わりだ」と恐れているようなことでも、実際に起こってみればそれほどひどくないということだ。

多くの人が質問2の答えが現実になるのを心底恐れているのは、質問1から生まれた結果が、自分にとって人生で最大の問題だと信じているからだ。しかし、それは間違いだ。むしろ、**この嘘（または誤解）そのものが恐怖の源になっている。**

実際のところ、人生で最大の問題は、第1章に出てきた質問1（「何よりも欲しいものは何か？」）に対して、外側の状況で答えることだろう。

それでは、外側の状況を追い求めるのが人生で最大の問題であるなら、二番目に大きな問題は、この章の質問3に対する答えということになるだろう。それでは、質問3だ。

質問3　質問1と質問2への答えが現実になったら、あなたはどう感じるだろう？

第1章では、質問3の答えが、あなたが本当に欲しいと思っているものだった。この章の質問3は、あなたの本当の問題を暴いている。おそらくあなたにとって、いちばん大きな問題（または二番目に大きな問題）だろう。

質問3の答えが、現在のあなたの内面の状態であり、おそらく他の何よりも大きなストレス要因になっている。それはあなたの記憶の銀行から生まれている。「苦痛と快楽のプログラミング」から生まれ、もっとも根源的な思い込み、思考、感情から生まれている。

これは難しい質問であり、多くの人が答えるのに苦労する。私の経験から言えば、質問3に到達すると、たいていの人は泣き崩れてしまう。なぜなら質問3への答えは、彼らにとって想像できるかぎり最悪の事態だからだ。しかし現実としては、彼らは今まさに、質問3への答えを経験している。彼らのスピリチュアル・ハートに、そのイメージが映し出されている。ハートの解釈では、それは「可能性」ではない。今この瞬間に、現実に起こっているのだ。

しかし、いいニュースもある。質問3への答えを生んでいる記憶を癒やすことができれば、人生のすべての側面で大きな変化が起こるだろう。あなたの中には、嘘を信じている部分がある。自分についての嘘、状況についての嘘、またはそのすべてについての嘘。その嘘を癒やせば、内面の感情も、外側の状況も、あっという間に変化するだろう。

ニールの物語

クライアントにこの3つの質問をしていて気づくのは、現代人がもっとも恐れているのはお金の問題だということだ。ここでご紹介するニールもそうだった。私のところへ来たとき、彼はすでに3か月も失業状態で、たまにちょっとしたアルバイトのような仕事が見つかるだけだった。そしてストレスがどんどん大きくなり、身体も思うように動かなくなった。そのせいで就職の面接で失敗し、さらに悪循環に陥る。彼には小さな子供が二人いて、妻は家で子育てをしている。貯金もそろそろ底をつきそうだった。

私はニールに、この三つの質問をした。質問1（「何よりも恐れているものは何か？」）に対しては、とても具体的な答えが返ってきた。「月末にお金が足りなくなり、食費も払えず、ローンの返済もできなくなること」だ。

次に質問2に移り、「もし本当に月末にお金が足りなくなり、食費も払えず、ローンの返済もできなくなったら、あなたの人生はどう変わるだろう？」という質問をすると、「食べるものもなく、銀行に自宅を差し押さえられて一家でホームレスになり、妻の兄弟の家に住まわせてもらわなければならなくなる」という答えが返ってきた。

そこで私は、先ほど説明したことをニールにも説明した。つまり、もっとも恐れていることは、それ自体が自然に起こるのではなく、恐れているからこそ起こるという事実だ。

冷静に考えれば、たとえすぐにフルタイムの仕事が見つからなくても、親や親戚からお金を借りれば、ローンの支払いはできる。それに、家族から借金はしたくないという場合でも、解決策は他にもたくさんある。ニールもだんだんと、自分の恐怖が嘘から生まれているということを理解してきた。しかし、まだ頭で理解しただけで、スピリチュアル・ハートには届いていなかった。

そこで私は、次の質問をした。「もし恐れていることが現実になったら、どんな気分になりますか?」。彼は答えた。「恥ずかしくてたまらないでしょう。妻や子供に顔向けができない。それに妻の家族や、自分自身に対しても恥ずかしい」。私はそこで、質問3の答えも、質問2の答えと同じだと説明した——この羞恥心は、未来に生まれるものではない。彼のスピリチュアル・ハートではすでに生まれている。羞恥心を生んでいるのはコンピューターウィルスの存在であり、ウィルスはすぐに駆除しなければならない。

ニールは三つの質問によって、自分のプログラムに感染したウィルスを見つけることができた。ニールにとってのウィルスは羞恥心だった。彼のスピリチュアル・ハートは、つねに羞恥心を経験していた。そして遅かれ早かれ、それが外側の状況にも影響を与えることになる。就職の面接で実力を発揮できず、なかなかフルタイムの仕事が見つからないのもそのためだ。

そこで私たちは、三つのツールを使って、ニールの羞恥心の問題に取り組むことにした。恐怖のプログラムを解体し、愛のプログラムに組み直すのだ。

それから間もなくして、ニールはフルタイムの仕事を見つけた。専門の分野とは違ったが、それでも安定した収入は確保できる。スピリチュアル・ハートにあった恐怖が愛のプログラムに置き換わり、それが彼の内面の状態にも、外側の状況にも現れてきた。そしてついに、電話でのセッションのときにもっとも恐れているものを尋ねるとき、ニールは答えが思いつかなくなっていた。ツールの働きで、恐怖が完全に取り除かれたのだ。

三つの質問と三つのツール

ニールの例で見たように、恐怖とストレスを取り除き、もっとも恐れている事態が現実になるのを阻止するには、まず自分の内面を癒やし、質問１への答えが「何もない」になることを目指す。差し迫った命の危険がないのなら、プログラミングが健全な状態の人は「恐れているものは何もない」と答えるはずだ。あなたもそうなることは可能だ。私が保証する。実際に内面の恐怖を克服し、怖いものは何もないと言えるようになった人は、世界中にたくさんいる。そもそも三つのツールは、そのために存在するのだ。

それでは、今度はあなたの番だ。質問3の答えがあなたの人生にならないように、一緒に頑張っていこう。

まず、自分の答えを見返してみよう。前の章の説明に従い、質問3の答えに対して三つのツールを使う。質問1の答えが「恐れているものは何もない」になったら、このワークは完了だ。三つのツールは、一度に一つずつ使うこともできるし、エネルギー療法のツールとハート・スクリーンのツールを一緒に使うこともできる。または、三つを組み合わせるテクニックを使い、プログラムを組み直す「魔法の言葉」のツールで、質問3の答えの裏にある根源的な思い込みを探り出し、癒やしてもいいだろう。

1日で終わる人もいるかもしれないし、1週間かかる人、1か月かかる人、または1年かかる人もいるだろう。どんなに長くかかってもかまわない。それがあなたにとっての最適な長さだ。

診断2　「人生の誓い」を見つける

私のクライアントたちのほとんどが、人生のある分野で行き詰まっていると感じていた。あらゆることを試してみたが、それでも前に進むことができない。その理由は、ほぼ例外なく、人生の誓いを立てていたからだ。

人生の誓いとは、一種の約束のことだ。多くの場合で、人生の早い時期に大きなプレッシャーや苦痛を経験し、もう二度と同じ思いはしたくないと決意する。意識的にせよ、無意識にせよ、私たちはこう誓いを立てる――**「もしこれを避けられるのなら、あれをあきらめてもいい」**。

たとえば、幼いころに両親がよく喧嘩をしていたとしよう。あなたはそれでずいぶんと怖い思いをした。そしてある日、あなたの潜在意識が、苦痛を逃れるためにある取引をする。「ママとパパが怒鳴り合うのを聞かずにすむなら、私は何でもします」。そうやって子供のあなたは、怒鳴り声を聞くという苦痛から逃れるためなら、どんな手段でも使うようになる。どんな結果になるかは考えず、とにかく怒鳴り声から逃れることを最優先にする。そうやって苦痛から逃げているうちに、やがてすべてのことから逃げるようになるのだ。

あの人生の誓いが、人生のプログラミングになった。大人になると、かつての誓いはこんなふうに姿を変えているかもしれない。「自分の家族を持つことをあきらめなければならないかもしれないが、それでも誰もが怒鳴っているような家に暮らすのだけは絶対に嫌だ」。そしてその誓いが、すべての人間関係に影響を与えるようになる。

しかしあなた自身は、因果関係に気づいていない。あなたはいつでも、自分を守るために他人を遠ざけ、そのせいで大きなストレスにさらされている。

人生の誓いは、生存本能と密接に結びついている。生き残るために必要なことだと思い込んでいるので、恐ろしいほどに強力だ。すでに35歳になり、もう両親の怒鳴り声から身を守る必要がなくなっていても、誓いの影響から逃れることはできない。

自滅的な行動をくり返してしまうのも、人生の誓いが原因だ。もしあなたに、「なぜ自分はこれをくり返してしまうのだろう？　どうしてもやめられない！」と思っていることがあるのなら、それは子供のころに人生の誓いを立てたからだ。

その誓いに客観性はない。大人になったあなたが、理性で判断して信じていることでもない。それでも根強く残っているのは、その誓いを立てたときに、あなたの体内で大量のアドレナリンとコルチゾールが分泌され、大きなストレスを感じていたからだ。

人生の誓いができるのは、たいてい脳がデルタ波かシータ波の状態にあるときだ。その状態のときに大きなストレスを感じると、ストレスの記憶が深く刻み込まれる。大人になって振り返れば、たいしたことではないと感じるかもしれない。まさかトラウマの原因になっているとは、思いも寄らないかもしれない。しかしスピリチュアル・ハートにとっては、内面での経験や解釈がすべてなのだ。

ステイシーの物語

まだフルタイムでカウンセリングの仕事をしていたころ、ステイシーというクライアントがいた。彼女はたくさんの依存症を抱えていた――チョコレート、アルコール、セックス、買い物、テレビドラマ、などなど。それに衝動的に行動することもよくあった。本人は真剣に何とかしたいと思っていて、もう何年もセラピーに通っていたが、それでも治る気配はなかった。

彼女はこんなことを言っていた。「人生にまるで現実感がないんです」。たしかにステイシーは、何事にも無関心だった。彼女の目はすっかり光を失っていた。以前にかかったセラピストたちも、みんなさじを投げていた。

人生の誓いはたいてい何らかの依存症という形で現れるので、ステイシーにも人生の誓いがあるに違いない。そう考えた私は、彼女にいろいろ質問をしてみたが、本人は特に身に覚えがないという。しかしある日、彼女は私のオフィスにやってくると、開口一番「人生の誓いを見つけました」と言った。

前の日の夜、ベッドに入って眠りにつこうとしているときに、いきなり子供のころの記憶がよみがえってきたという。子供の彼女もベッドに寝ていた。両親の怒鳴り声と、父親が母親を殴る音が聞こえてくる。彼女の父親は、暴力的で、アルコール依存症だった。あのような暴力沙汰は、彼女の家では日常茶飯事だった。

ステイシー自身も、自分の父親の問題を客観的に理解していたが、それでもあの瞬間まで、暴力の記憶は彼女の中ですっかり封印されていたのだ。暴力の記憶がよみがえると、そのときの自分の感情もよみがえった。「どんな手段をとろうとも、私はこの状況から抜け出す。同じ思いはもう二度としない」と、子供の彼女は決心した。これがステイシーの人生の誓いだ。

そして、大人になってからも、誓い通りの人生を送っていた。争いや怒りを徹底的に避ける選択をしてきたのだ——とにかく強い感情はもううんざりだった。結婚相手は、まるで電柱のように個性も感情もない男性だったが、少なくとも彼女に向かって怒鳴ったりしない。彼女はやがて、さまざまなものに依存し、架空の世界に逃げ込むようになった。

人生の誓いが見つかったので、今度は三つのツールを使って、スピリチュアル・ハートから恐怖のプログラムを取り除き、新しく愛のプログラムに置き換える。そうやって治療を続けたところ、少なくとも12はあった依存症も、今では一つか二つにまで減った。しかし、いちばん重要なのは、全体の雰囲気ががらりと変わったことだ。目には光が戻り、まるで命が吹き込まれたようだった。それに、夫や子供ときちんと向き合い、仕事や社会生活にも積極的にかかわるようになった——現実の世界を生きるようになったのだ。

人生の誓いと三つのツール

依存症などの問題を抱えている人は、自分にも人生の誓いがあるかもしれないと考えているだろう。そこで、人生の誓いを見つけ出す診断方法を今から紹介しよう。

(1) 第一に、「木の下に座る」ことを推奨する。これはつまり、瞑想したり、祈ったりするということだ。場所や状況はそれぞれの好みでかまわない。心がオープンになり、リラックスしたら、自分自身を振り返り、人生の誓いから生まれたと思われる症状を探す。やめたいと思ってもやめられない、自滅的な行動パターンだ

子供のころ、長期にわたって苦痛を経験したり、ストレスにさらされたりしたことはあるだろうか？　または、期間は短くても、極度のストレスを経験したことは？　もしあるなら、意識的でも、無意識でも、「もし〇〇ができるなら、××がなくてもかまわない」というように、何か誓いを立てた覚えはあるだろうか？

(2) もしそのような記憶が見つからなかったら、今の時点でくり返し現れる症状だけに集中する。あなたを理想の人生、つまり愛だけで生きる人生から遠ざけている症状だ

(3) 三つのツールを使って、記憶、またはくり返し現れる症状を癒やす。方法は第４章の説明に従う

あなたを悩ませている症状、悪い習慣、依存症が消えたら、再プログラミングが完了した証拠だ。そしてここでも、すぐに結果が出なくても心配ない。数か月かかるかもしれないし、または一瞬で結果が出るかもしれない――いずれにせよ、努力した価値のある結果になることは保証する。

第1章の最後に、私が言ったことを覚えているだろうか？　たとえ偉大なる原則の仕組みを頭で理解できても、それだけでは完全に実践することはできないかもしれないと私は言った。しかし、今のあなたならもう大丈夫だ。第7章までの課題をすべてこなしてきたなら、偉大なる原則を使って、人生のどの分野でも成功することができる。次の章では、その方法を具体的に説明していこう。

（注）

1　"Facts and Statistics," Anxiety and Depression Association of America, www.adaa.org/about-adaa/press-room/facts-statistics.

2　ペリス博士の「ニューイングランドの100歳以上の人の研究」についてさらに詳しく知りたい人は、www.bumc.bu.edu/centenarianを参照。

3　Dan Gilbert, "The Surprising Science of Happiness," TED talk, April 26, 2012, www.youtube.com/watch?v=4q1dgn_C0AU.

第7章 「成功の地図」で幸福への道筋を描く

今のあなたは、本当の成功は外側の状況とは関係ないということを知っている。今この瞬間を、愛をもって生きること——ストレスと恐怖を完全に消すことが、顕在意識と肉体が完全に調和する唯一の道だ。過去の記憶や、未来の期待にこだわっていると、または、意志の力を使って欲しいものを手に入れようとすると、ストレスが生まれ、必ず失敗につながる。物質的な面でも、非物質的な面でもそれは同じだ。

この章では、「偉大なる原則の成功の地図」について説明していく。しかし、詳しい説明に入る前に、もう一度「成功」の定義を確認しておきたい。

私は、すべての人にその人だけの運命があると信じている。「天命」と呼んでもいい。とはいえそれは、自分の行き着く先がすでに決まっているという意味ではない。もし決まっているなら、努力する意味などないではないか。どんな運命や天命でも、それは自分で作ったものだ。恐怖の中で生きているか、それとも愛の中で生きているかによって決まってくる。私たちはみな、愛で生きるようにできている。私たちの中にある良心が、ハートに愛の法則を書いたからだ。それがどんな状況でも、私たちを正しい行動に導いてくれる。しかし、その運命に従うかどうかを決めるのは私たち自身だ——毎日のすべての瞬間で、決断を下している。

恐怖の中で生きると、天命から遠ざかる。愛の気持ちで生きると、究極の天命を生きることになる。なぜなら、いつも愛をもって生きていたら、完璧な人生を送れるからだ。外側の状況で理想を叶えたいと思うなら、愛をもって生きることがいちばんの方法であり、また唯一の方法でもあるだろう。

また、あなたにとっての「完璧な天命」は、他人にとっては完璧ではない。だからこそ、他人との比較には意味がないのだ。それなのに、あまりにも多くの人が、他人と比較して心を痛めている。比較は、「無駄」なものではない。無駄よりももっとたちの悪いものだ。

多くの人にとって、比較は外側の期待を生む根本の原因になっている。他人と比較して、自分の状況に感謝するということはめったにない。むしろ自分に足りないものを確認するために比較する。しかし、**人生に満足するカギは、「足りない」という気持ちを持たないこと**だ。

完璧な天命を目指すのは、未来の結果を目指すのとは違う。

完璧な天命にたどり着くには、今この瞬間を、愛をもって生きるしかない。愛をもって生きていれば、理想が実現する遠い未来ではなく、すべての瞬間が完璧になる。そうやって生きていれば、いずれ完璧な天命にたどり着く。完璧な天命は、頭で考えて見つけるものではない。それは暗闇の中でダーツを投げるようなものであり、つねにストレスにさらされることになる。そうではなく、今この瞬間に自分にとって最善のことをしていれば（つまり、愛をもって生きる）、そして未来をすべて神（または愛）にゆだねれば、いつでも完璧な未来が創られる。その未来は、もしかしたらまったく想像もしていなかったような姿をしているかもしれない。そうやって未来を創るのに、意志の力は必要ない。ただ自然に出現するだろう。

今までどこにいようとも、何をしていようとも、完璧な天命への道は必ずある。チャンスは決して失われない。ただ、今から愛をもって生きるようにすれば、つまり、自分を再プログラミングし、結果を手放せば、あなたの進む道も変わるだろう。

「偉大なる原則の成功の地図」には、魔法のような力がある。きちんと指示を守って実行すれば、どんな人でも必ず成功できるのだ。この原則の通りに生きていたら、むしろ失敗するのは不可能だ。世界中の何千人もの人々が、証人になってくれるだろう。

木の下に座り（つまり、祈って瞑想する）、ハートの欲求を見つけたら、その欲求と成功目標を重ね合わせよう。スピリチュアル・ハートの再プログラミングを行い、そしてすべての瞬間を愛の中で生きる。あなたがそれを実行すれば、私は近い将来、あなたの成功体験を聞かせてもらえるかもしれない。

「成功の地図」のプログラムを始める前に、一つ確認しておきたいことがある。第6章で説明した基本的な診断をまず行い、それからこのプログラムにとりかかってもいいし、またはまずプログラムを始めて、診断はあとからにしてもかまわない。どちらの順番でも効果は同じだ。

この、プログラムの説明の合間にメモ欄も作っておいた、ここには、思いついたことなどを、忘れないうちにすぐに書き込んでもらいたい。

そして、最後にもう一つ。エクササイズですることが多すぎて混乱してきたら、ひと休みしてもかまわない。そこで三つのツールのうちのお気に入りの方法を使って混乱した気持ちを癒やし、次に進もう。また、原則とツールの使い方を、自分で考えてもかまわない。結局のところ、あなたがいちばんやりやすい方法が、いちばんいい方法だ。

さあ、それでは始めよう。

(1)　究極の成功目標を決める

第1章の三つの質問を思い出そう。その質問の答えが、あなたの究極の成功目標だ。もしまだ質問に答えていないのなら、今から答える。

(2) ぜひ実現したい成功欲求を一つ決める

今の時点で、人生でいちばん実現したいことは何だろう？ 人生のさまざまな側面で、実現したいと思っている外側の結果をすべてあげていこう。たとえば、人間関係、キャリア、何らかの功績、お金、健康などだ。

最初のうちは、頭に浮かんだものはすべてリストに入れること。すべて揃ったら、その中からいちばん訴える力が強いものを選ぶ。それが実現したところを想像して、いちばん大きな笑顔になるのはどれか。いちばん心が満たされるのはどれか。いちばん心が落ち着くのはどれか。いちばん心に火がつくのはどれか。どれが実現すれば、あなたの人生がいちばん大きく変わるだろう？

もっとも強い欲求を三つ選んだら、今度は第5章で説明した方法でフィルターにかける。真実から生まれているか？ 愛から生まれているか？ 究極の成功目標と調和しているか？

現状を客観的に見ると不可能としか思えない欲求を選んだのなら、それを可能にする方法を見つけるか、または新しい欲求を見つけるしかない。そうはいっても、私は、すべてのことは可能だと信じている。現に歴史上の英雄は、みな不可能を可能にしてきた人たちだ。当時の社会では、「客観的な」事実から不可能だと思われていたことを、彼らは実現したのだ。

たとえば、第5章で72歳の老人がプロのクオーターバックを目指すという例を出した。もしこの老人が、この欲求について祈りと冥想を行い、下調べもして、準備もして、彼にとっては完全に真実だというのなら、ぜひ挑戦するべきだ。

第二に、その欲求は愛から生まれているだろうか？　他の欲求ではなく、なぜその欲求を目指すのか。その理由を、誰でも理解できる言葉で詳しく説明する。関係するすべての人にとって利益になる欲求だろうか。利己的な理由だけでそれが欲しいのではないと断言できるだろうか。

ここで一つ確認しておきたいことがある。ただお金が欲しいという欲求でも、本当にお金が必要な状況で、誰のことも傷つけたりしないのなら、立派に愛から生まれた欲求だ。人は、まず自分を愛さなければ、他人を愛することはできない。そして私たちはみな、住む家と、服と、食べ物が必要で、それに月々の支払いもある。必要なお金を欲しいと思うのは、第5章で紹介した、お金持ちになって贅沢したいだけの経営者とはまったく違う。

そして三つ目の質問は、「この欲求は、究極の成功目標と調和しているだろうか？」だ。以上の三つの条件をすべて満たしているなら、それは正しい欲求ということになる。

成功欲求のトップ3をリストにしよう。

①

②

③

さあ、これでよし！　とはいえ、ここからさらに、最初に取り組むものを一つ選ばなくてはならない（最終的には三つすべてに取り組むことになる）。今のあなたにとって、「これだ」と思える欲求は何だろう？　これだと思うものがあるのなら、それが正しい答えだ。すぐには決められないという人は、誰かにアドバスを求めたり、調査したりしよう。選ぶのに苦労するなら、今のところは二つ一緒でも、または三つ一緒に取り組んでもかまわない。エクササイズを進めるうちに、優先するべき欲求が見えてくるだろう。最初の欲求が決まったら、ここに書き込んでおこう。

私の成功欲求は（　　　　）です。

(3)　成功欲求が実現したところを思い描く

目を閉じて、この成功欲求が実現したところを思い描く。まるで現実に起こっているように想像する。手で触れて、味わい、匂いを嗅ぎ、全身でその中に飛び込む（たしかに私は、この方法を批判した。しかしここで視覚化の方法を使うのは違う目的のためだ）。本当に現実だと思えるようになるまで、どこまでもリアルに想像する。このとき、欲求のプラス面だけでなく、マイナス面も合わせて思い描く。とにかく欲求のすべての側面を、細部にわたって想像する。

たとえば、あなたの成功欲求が、自宅でビジネスを始めることだとしよう。成功を想像するとき、こんなものが見えるはずだ――月々の支払いにまったく困らない生活、子供たちが前から行きたいと言っていたプールの会員になれる、スーパーで値段を気にせずに買い物ができる、「ビジネスオーナー」になれば友達や家族の前で自信が持てる、そして朝目を覚ましたときに、家族を立派に養っているという誇りと、新しいチャレンジを前にしたワクワクした気持ちを感じることができる。

一方で、家で仕事をするとなると、プライベートとの線引きが難しいかもしれない。ビジネスを始めるために、猛勉強もしなければならないだろう。友達との週に1回のランチも、あきらめなければならないかもしれない。

さあ、想像したことをすべて書き出そう。その文章を他の人が読んだとき、あなたと同じくらい鮮明に想像できるだろうか？　もしできるなら合格だ。

(4) 成功欲求を想像したときに浮かんできたネガティブな思考、感情、思い込みをリストにする。そしてそれぞれに0点から10点の範囲で点数をつける

前のステップで成功欲求が実現したところを詳細に想像したときに、ネガティブな思考や感情、思い込みが頭に浮かんできただろう。それをすべて思い出し、リストにする。今言われて思いついたことでもいい。

前のステップの「自宅でビジネスを始める」という欲求であれば、次のようなマイナス面が思い浮かぶはずだ——景気が悪い。仕事が忙しくて起業の準備ができない。自宅でビジネスを始めるといっても、どうしたらいいのかまったくわからないし、おそらくこの先もずっとわからない。自分に何ができるというわけでもない。そもそも、どんなビジネスをしたいのかもわからない。

マイナス面をすべてリストにして、0点から10点の範囲で点数をつける。心配の度合いが大きいほど、点数も高くなる。マイナスの思考や感情の大きさを、判断の助けにしてもいい。

ここでリストにあがった項目が、あなたのプログラミングに感染しているコンピューターウィルスだ。このウィルスが、あなたの欲求が実現するのをブロックしている。

(5) 三つのツールを使ってコンピューターウィルスを駆除する

基本的な診断のときと同じように、三つのツールを一つずつ使ってもいいし、エネルギー療法のツールとハート・スクリーンのツールを一緒に使ってもいいし、またはプログラムを組み直す「魔法の言葉」のツールを使って、根本にある思い込みを見つけて癒やしてもいい。

どのツールを使うにしても、あなたの無意識もすぐに一緒に仕事を始める。そして、すべての恐怖を取り除き、愛をもって生きるというあなたの意図に賛同する。なぜなら、あなたのハートには、愛のコンパスがあるからだ。愛のコンパスは、いつでもあなたが愛をもって生きることを望んでいる。

恐怖のプログラムの抵抗によっては、時間がかかるかもしれない。しかし、どんなに時間がかかっても、問題はいつか必ず癒やされる。とはいえここでは、エネルギー療法のツールをいつも使うことを推奨したい。すぐに効果が出るからだ。すべてのネガティブな感情、思考、思い込みを、エネルギー療法のツールで一つずつ癒やしていけば、または、プログラムを組み直す「魔法の言葉」のツールも組み合わせて使えば、やがてすべての問題が0点になるだろう。

それではここで、「ビジネスを始める時間がない」というネガティブな思考を例に見ていこう。あなたはまず、エネルギー療法のツールとハート・スクリーンのツールを組み合わせて使う方法から始めたとする。その場合は、次のようなステップで進めていこう。

・スクリーンを想像する。どんなスクリーンを選ぶにせよ、無線でインターネットにつなげることが条件だ。

次に、スクリーンの上から3分の1ぐらいのところに横線を引き、上を顕在意識、下を無意識とする（この位置にするのは、無意識のほうが顕在意識よりもはるかに大きいからだ）。これがあなたのハート・スクリーンだ。

・癒やしたいと思っているネガティブな思考、感情、思い込みを選ぶ。ここではそれを、「ビジネスを始める時間がない」にする。不安度を示す点数は、10点満点で7点だ。

・「時間がない」という状態をイメージにして、ハート・スクリーンに映し出す。言葉でもいいし、映像でもいいし、過去の記憶でもいい。おそらく、仕事が終わらなくてパニックを起こす自分を想像したり、子供のころにやることが遅いと母親に怒られた経験を思い出したりするだろう。または、時計のイメージが浮かび、アラームの音が聞こえるかもしれない。

・ハート・スクリーンにイメージが映し出されたら、次は**「このイメージをハート・スクリーンから消してください。このイメージを生み出している根源の記憶をすべて癒やしてください」**とお願いする。たとえば、こんなふうに言う。「光と神の愛だけで私のハート・スクリーンを満たしてください。それ以外は何も映さないでください」。または、もっと具体的な内容にしてもいい——「光と愛と、そして忍耐強さだけで私のハート・スクリーンを満たしてください。それ以外は何もいりません。パニックもいりません」。

またほ、問題のことを考えるのを少しお休みして、こう言ってもいいだろう。「光と愛と、そして忍耐強さで、ハート・スクリーンの無意識の部分を満たしてください。それ以外はいりません。時間がないという気持ちも、今は感じたくありません」

・次に、光と愛がハート・スクリーンに映る様子を想像する。いちばん鮮やかに想像できるのであれば、方法は何でもかまわない。聖なる源泉から光が流れ出してくる様子でもいいし、美しい夕日でも、息をのむような景色でも、ペットでも、とにかく純粋な光と愛をイメージできるものなら何でもいい。

・ここからエネルギー療法のツールを使う。ハート・スクリーンに光と愛を映しながら、両手を胸、おでこ、頭頂部に当てる。それぞれのポジションを1分から3分続ける。

・ハート・スクリーンに光と愛を映しながら、三つのポジションを2回から3回くり返す。または、心身の不快感が消えて、ネガティブな思考、感情、思い込みの点数が1点未満になるまで、つまりもうそれらに悩まされなくなるまでくり返す。もし必要なら、プログラムを組み直す「魔法の言葉」のツールを加えてもいい。

・すべてのネガティブな思い込みを、ツールを使って癒やしていく。1日で終わるかもしれないし、1週間かかるかもしれないし、3か月かかるかもしれない。3か月もかかることはめったにないが、とにかくどんなに時間がかかっても気にすることはない。残りの人生で、たっぷり成功を楽しめるのだから!

(6) すべてのネガティブが消えたら（すべてが10点満点で1点未満になる）、同じツールを使って、今度はポジティブなプログラムを組む

ネガティブな思考や感情や思い込みというコンピューターウィルスを駆除したら、今度は新しくプログラムを組み直す必要がある。成功目標に向けて、スピリチュアル・ハートに正しいソフトをインストールするのだ。私はそれを「スーパーサクセス・メモリー」と呼んでいる。スピリチュアル・ハートのプログラムを組み直すときも、同じ三つのツールを使う。ただし今度は、ポジティブな面に意識を集中する。

・ステップ2で決めた、「ぜひ実現したい成功欲求」を思い出そう。それが実現する確率を、0点から10点で評価する。0点は「絶対に実現しない」で、10点は「絶対に実現する。これが私の未来だ」となる。

ここでも「自分のビジネスを始める」という例を使えば、あなたはこんな想像をするだろう――すべての支払いを期日よりも早くすませる。銀行の口座にはお金がたっぷり入っている。プールの会員になったと子供たちに伝え、大喜びする子供たちの顔を眺める。知人に自分が始めたビジネスのことを話す。毎朝、穏やかな気持ちで目を覚まし、新しい1日を前にワクワクしている、など。あなたにとってこのシナリオは、もしかしたらできそうな気もするが、少し手が届かないような気もする。そこで点数は4点だ。

・エネルギー療法のツール、プログラムを組み直す「魔法の言葉」のツール、ハート・スクリーンのツールを使う。別々に使ってもいいし、組み合わせて使ってもいい。点数が7点以上になるまで続ける。そこまで点数が上がれば、「自分にはできる。さあ、始めよう！」という気分になる。

(7) 40日間のプログラムを開始する。目標は、すべての項目で同じレベルの点数になることだ（ネガティブな項目は1点未満、ポジティブな項目は7点以上）

欲求に関するネガティブな思考、感情、思い込みが1点未満（つまり、もうまったく気にならないレベル）になり、ポジティブのほうが7点以上になったら、すぐに40日間のプログラムを始められる。くり返すが、1日でここまで来られる人もいれば、3か月かかる人もいるだろう。

40日間のプログラムが始まったら、幼虫がサナギになるまでをイメージするといい。この40日間のプログラムの目標は（もちろん四つの基準をすべて満たした目標だ！）、ステップ4から6をくり返しながら、ネガティブの項目をすべて1点未満にして、ポジティブの点数をすべて7点以上にすること――たったそれだけだ。

それでは、順番に説明していこう。

・毎日、1日の始めに「朝のチェックイン」を行う（午後か夜のほうがいいという人は、それでもかまわない)。まず、ステップ4で見つけたネガティブな項目に点数をつけていく。「自宅で自分のビジネスを始める」という例を使うなら、ネガティブのリストの項目は、「景気が悪い」「仕事が忙しくて起業の準備ができない」「自宅でビジネスを始めるといっても、どうしたらいいのかまったくわからないし、おそらくこの先もずっとわからない」「自分に何ができるというわけでもない。そもそも、どんなビジネスをしたいのかもわからない」だった。

それぞれの心配事に、0点から10点で点数をつける。1点以上になった項目は、三つのツールを使って癒やし、最終的に1点未満(まったく気にならないレベル)になることを目指す(ステップ(5))。

・ステップ(3)でやったように、欲求が実現したところを想像する。同じ例を使うなら、自宅でビジネスを始めて成功し、月収が1000ドル増えたと想像する。あなたはこれが、どれくらいの確率で実現すると思うだろうか? ここで点数が7点に満たなかったら、三つのツールを使って問題を癒やし、最終的に7点以上を目指す(ステップ(6))。

・このプロセスを40日間続ける。ネガティブの点数が上がったら、ステップ(5)を行って前のレベルまで戻す。ポジティブの点数が下がったら、ステップ(6)で点数を上げる。もし何も変化がなかったら、何もしない。ただ毎朝、点数をつけるだけだ。ここで一つ注意がある。三つのツールを使って特定の問題を癒やす必要が出てきても、40日間のプログラムを最初からやり直す必要はない。ただ問題を癒やし、プログラムをそのまま続ける。

40日間のプログラムが終わったら、たいていの人は目標を達成できている。このレベルに到達したら、取り組んでいた問題についての再プログラミングは完了だ。無意識も、潜在意識も、あなたの成功をブロックするのをやめ、これからはむしろあなたを成功へと導いてくれるだろう。この問題については、もうウィルスはなくなった。強力な成功ソフトウェアが、新しくインストールされた状態だ。

毎日の生活で、ネガティブの項目がまったく気にならなくなり、「自分はできる」と心から信じられるようになったら、再プログラミングは完了だ。こうなったら、「できる」と思うだけでなく、実際にできるようになるだろう！

(8)「偉大なる原則」を使って、具体的な成功目標を決める

成功をブロックしていた問題の再プログラミングが完了したら、次はいよいよ成功目標を決め、実行に移していく。成功に向かう道で、30分以内に実現できることだ。成功目標には四つの条件があったことを思い出そう。真実であること、愛であること、１００パー

セント自分でコントロールできること、そして今すぐに実現できること、という四つの条件だ。

まず、「真実であること」という条件から見ていこう。広い意味での真実については、欲求を決めるときにすでに考えた。つまり、欲求に関係する、客観的で実際的な事実という意味だ。欲求を実現するのに必要なものをすべてあげ、すでに持っているものをすべてあげ、しなければならないことをすべてあげる。

自宅でビジネスを始めて、月収を1000ドル増やしたいと思っているなら、まず資金がいくらあればいいだろう？　家の中に仕事をする場所はあるだろうか？　ウェブサイトは誰に作ってもらうのか？　何を売るのか？　カスタマーサービスは外部に任せるのか？　必要な機材は？　いつから始める？　顧客はどこで見つける？　欲求を実現するのに必要なことをすべて書き出そう。

〈欲求を実現するのに必要なこと〉

・

・

・

これから勉強が必要なこともあるかもしれない。たとえば、マーケティング、大工仕事、ウェブサイトのデザインなどだ。実際、プログラムの組み直しが完了していれば、新しい知識を学ぶのもとても簡単になる。そもそも勉強が難しいと感じていたのも、間違ったプログラミングが原因だ。学生時代にこの方法を知っていればどんなによかったか——あんなに苦労した統計学だって、きっと朝飯前だったはずだ！

これまでにあげたリストを、時間をかけてじっくりと見直してみよう。それらの項目は、本当に成功のために必要なことだろうか？　もっと情報が必要だろうか？　たとえば、「マイクにウェブサイトを作ってもらう」とリストに書いたとする。そしてリストを見直したときに、本当にマイクがベストの選択なのかという疑問が浮かんだら、「よくできたウェブサイトを参考にする」「モニカのウェブサイトを作った人を探す」などと書き換える。

次に、「愛」の側面について見ていこう。リストに書いたことは、すべて愛の気持ちで行えるだろうか？　それを行うことは、関係するすべての人にとって利益になるだろうか？　もしそうならないなら、その項目をリストから消すか、または愛をもって行う方法を見つけなければならない。そして、関係するすべての人にとって利益になるような方法を考え、それも書く。

〈愛をもって行う方法〉

・・・

右のリストを見直して、すべて愛から生まれていることを確認する。また、あなたのリストは現実的だろうか？　たとえば、安い料金で雇える人を実際に見つけたが、その額が業界の相場に比べて低すぎるかもしれないという心配がある。そんなときは、「XYZ社からフリーランスを雇う」という項目を、「フリーランスに支払う料金の相場を調べる」に変える。

そして第三に、リストにあげた項目は、すべて100パーセント自分でコントロールできるだろうか？　そのコントロールは健全なコントロールだろうか？　つまり、すべて愛と真実の気持ちで行うことができ、しかも30分以内に実現できるということだ。または、外側の状況によっては、実現できないこともあるだろうか？　意志の力で無理に結果を出す必要があるだろうか？

このステップは、大事な出発点になる。だから詳しく説明しよう。ここでも「自宅で自分のビジネスを始める」という例を使うことにする。必要な行動のリストに、「電話会社に電話をして新しく電話線を敷いてもらい、事業所の契約に変える」と書いたとしよう。

これは成功目標の条件をすべて満たしているように見える。まず、この行動はたしかに真実から生まれている。ビジネスを始めるなら専用の電話線が必要で、考えている手順も正しい。そして、この目標を達成しても誰の不利益にもならないので、「愛」という基準も満たしている。それに100パーセント自分でコントロールできる。ただ電話会社の電話番号を調べて、電話するだけでいい。

しかし、電話をしたとたんに、状況を自分でコントロールできなくなるだろう。機械の声ばかり聞かされ、何度もたらい回しにされる。そして20分ほどたったころ、あなたの中からは、愛も喜びも平安も完全に消えている。

なぜこんなことになったのか。それは、電話会社に電話をすることが、本当の目標ではなかったからだ。あなたの怒りが、そのたしかな証拠だ。**本当の目標は、速やかに新しい電話線を敷き、事業所の契約に変えることだ。**何のトラブルもなくそれを達成することを期待していた。つまり、過程よりも結果を重視していたために、不健全なコントロールを行使するようになっていたということだ。

それでは、このストレス目標を成功目標に変えるにはどうすればいいだろう？　それは、電話会社に電話をする前に目標の中身をもう一度確認することだ――ここでの目標は、スムーズに電話線を敷いて、契約を変えることではない。だいたいその点については、あなたにコントロールできることは何もない。**あなたがここで目指すのは、ただ愛の気持ちで電話をかけることだけ**だ。そして、**30分間は目の前の瞬間に集中する**こと。これは冗談ではない。

目標を変えると、今度はどんな展開になるのだろうか？　あなたは受話器をとる前に、自分にこう言い聞かせる――「この電話にかかる時間は、私にコントロールできない。長く待たされるかもしれないし、機械の声ばかり聞かされるかもしれない。私にはどうしようもないことだ。私にコントロールできるのは、この電話を愛の気持ちでかけることだけだ。私の目標は、電話の相手が、私と話したことでいい気分になることだ」

そして、電話に出た人が女性だったとしよう。彼女はただ自分の仕事をしているだけだ。機械の声をセットしたのは彼女ではないし、電話会社の規則を作ったのも彼女ではない。それに、おそらく彼女にも家族がいる。夫にとっては愛する妻で、子供たちは彼女を見ると「ママ！」と言って抱きついてくるだろう。もし別の場所で出会っていたら、気が合って友達になっていたかもしれない。

その彼女に対して腹を立てるのは、彼女だけでなく、自分も傷つけることになる。怒りの感情は、あなたの生理機能にも悪影響を与えるからだ。頭の回転が鈍くなり、消化機能が低下し、免疫力が低下し、それからしばらくの間ネガティブな気持ちで過ごすことになる。そしておそらく、彼女のほうも同じことを経験するだろう。

あなたはこれを、成功と呼ぶだろうか？　おそらくそんなことはないだろう。それなのに、ほとんどの人が、結果をコントロールできない状況でこのように行動してしまう。外側の期待は、幸せを殺す。この法則に例外はない。あなたには、人生のすべての瞬間で、幸せで健康でいてもらいたい。それは、今すぐにでも始めることが可能だ。ただ、ストレス目標ではなく、成功目標を設定するだけでいい。

ここで一つ注意がある。ストレス目標から成功目標に変えることが、１００パーセントの健全なコントロールで行えるのは、自分の再プログラミングがすんだ人だけだ。つまり怒りやイライラなど、ネガティブな感情を抑えられないなら、もう一度再プログラミングを行い、30分間は愛の気持ちだけになれるように訓練しなければならない。

それでは、あなたの成功目標について見ていこう。それは本当に、１００パーセント自分でコントロールできるだろうか？　そしてそのコントロールは、健全なコントロールだろうか？

すべてのことを、30分間は完全に愛の気持ちで行う。そしてそれを、残りの人生でずっと続ける——たしかに今は、難しいと思うかもしれない。しかし、私が保証しよう。このまま問題の根源を癒やしていき、再プログラミングを進めていけば、いつか必ず簡単にできるようになる。正しいプログラミングさえあれば、椅子に座ってパソコンに向かい、基本的なコマンドを打ち込むのと同じくらい簡単なことだ。むしろ、愛の気持ちを持たないこと、目の前の瞬間に集中しないことのほうが難しくなるだろう！

このステップの最後に、最初に決めた成功目標を実行して達成するとき、自分がどんな気持ちになるかを想像して書いてみよう。どうすれば愛の気持ちだけでできるだろうか？望みの結果を手に入れるために、どんな心の準備をして臨めばいいだろうか？

〈自分がどんな気持ちになるか〉

・
・
・

(9) 自分にとってもっとも効率のいい方法を見つける

当面の目標は、今から30分間だけ愛の気持ちで生きるということだ。しかしだからといって、タスクを完成させるこまかい手順をまったく無視していいわけではない。行きたい場所にたどり着くためには、やるべき仕事をすべて片づける必要がある。

この成功の地図の通りにやっていれば、外側の状況にこだわるよりも、むしろこまかいところまできちんと完成できるようになるだろう。外側の状況にこだわらないことでストレスがなくなり、ストレスがないおかげで能力をすべて発揮できるからだ。

そこでまず、自分の性格や、働き方のスタイルを分析し、自分にとってもっとも効率のいい方法を見つけ出そう。たとえば、スティーブン・R・コヴィーの『7つの習慣』(キングベアー出版)や、デビッド・アレンの『ストレスフリーの整理術』(二見書房)などが参考になるかもしれない。細部の漏れがなく、きちんと責任を果たし、なおかつ効率的にできるような方法だ。

手帳や予定表を活用するという人もいるだろう。または、予定を立てるよりも、とにかく今するべきことを片づけていくという方法が向いている人もいるかもしれない。たとえば妻のホープは、とても几帳面な性格で、前もって予定をすべて書き込んでいる。

一方で私は、流れに任せるタイプだ。その場その場で、今しなければならないことを片づけている。そうすると、なぜか最後にはすべてうまく片づいていたりするのだ。

仕事術について調べていくと、本当にいろいろなやり方があることに気づくだろう。しかもどれも、生産性が向上することを「保証」している。しかし私は、人が作ったシステムを使うのではなく、やはり自分でシステムを編み出すのがいちばんだと思っている。あなたにとって正しいシステムであれば、生産性は上がる。面倒な仕事が増えたと感じるなら、それはあなたにとって正しいシステムではない。多少の試行錯誤は覚悟しなければならないかもしれないが、ここはぜひ自分だけのシステムを開発してもらいたい。

(10) 今から30分の間、次の二つの目標を意識してタスクを完成させる。一つは、愛の気持ちでタスクを完成させること。そしてもう一つは、タスクが第1章で決めた「究極の成功目標」と調和していると確認することだ

成功を妨げている問題の再プログラミングがすでに終わっているなら、残りの仕事はあと二つだ。一つは、タスクを愛の気持ちで完成させること、変化や新しい道、新しい人々に対してつねにオープンでいること。そしてもう一つは、タスクと、究極の成功目標を調和させることだ。

正直に告白すると、私はこの二つの課題を完璧にこなせたことはない。そもそも、できる人は存在しないだろう。5分間だけでもこの状態を守れる日があったら、それは私にとっては上出来の1日だ。この成功の地図は、あなたが愛だけで生きる手助けをすることを目指している。できない自分を責めるのは、愛のある行動ではない。

愛だけの行動を続け、あなたにとっての完璧な結果が訪れるのを待っていよう。実際の結果は、夢に見ていた通りかもしれないし、まったく違うかもしれないし、その中間ぐらいかもしれない。

たとえば、自分のビジネスを始めたいという欲求に向かっているときに、グラフィックデザインの仕事で独立しようと決めたとしよう。まずは小さなことから始める。NPOのための無償の仕事だ。そしてだんだんと力をつけ、人脈も広がると、ついにお金をもらえる仕事がきた。それからは次々と仕事が舞い込んでくる。

そして1年半後、仕事を始めたばかりのころのクライアントから連絡があった。あなたの仕事がとても気に入ったので、その会社でマーケティングデザイナーとしてパートで働かないかという話だ。あなたは履歴書と作品サンプルを送り、面接を受け、そして合格した。最初はフリーランスを目指していたが、今となっては、その仕事のほうがフリーで働くプレッシャーに比べ、ずっと魅力的に見える。あなたはその仕事を受けることにした。

あなたはこのシナリオで、欲求を達成できなかったことになるのだろうか？　もちろんそんなことはない！　あなたは今この瞬間を愛の中で生き、クライアントと良好な関係を築いてきた。クライアントは、あなたの仕事が気に入っただけでなく、一緒に働く仲間に迎えたいと思った。もしあなたが、自分のビジネスを軌道に乗せることばかりに気をとられていたら、クライアントへの気配りも少なかったかもしれない。または、会社勤めは自分の目標ではないので、すぐに断っていたかもしれない。

しかしあなたは、**究極の成功目標（心の平安）をつねに忘れなかった**。それに、そもそも自分のビジネスを始めたいと思った理由も忘れなかった（月々の収入を増やすため）。パートタイムの仕事は、フリーランスの仕事以上にその目的を果たしてくれた。

⑾ この欲求の達成が軌道に乗ったら、ステップ2から10をくり返して新しい欲求に取り組むことができる

ここでは注意が必要だ。一度に複数の欲求に取り組むのは、それ自体がストレスの種になる。**いつも心の平安を第一に考えよう。** とはいえ、もし大丈夫だと思うなら、一つの欲求の達成が軌道に乗ったところで、また最初に戻って新しい欲求に取り組むこともできる。たとえば、自分のビジネスを始めるという欲求で、十分に軌道に乗っているなら、ステップ1に戻り、今度は夫婦関係という課題に取り組む。私のクライアントの中には、すでに10個の成功欲求を達成し、さらに5個の欲求に同時に取り組んでいる人もいる。

また、この成功の地図は、長期の成功だけでなく、日々のメンテナンスのような目的にも使うことができる。ストレス、失望、怒りなどの感情を持ったら、またはネガティブな思考や思い込みが浮かんできたら（たとえば、「なぜこんなことを始めてしまったのだろう？　こんなこと、できるわけがない」など）、これまでに説明した手順やツールを使って、その問題を解決する。

この成功の地図は、経験を積むほどにどんどんうまくできるようになる。そしてうまくできるようになるほど、幸せになる。今この瞬間を愛で生きることができるようになったら、周りの人はきっとびっくりするだろう。「最近どうかしたのか？」「いったい何があったの？」という質問が飛んでくるに違いない。

そのとき彼らは、「すごい！　自分もあなたと同じことを体験したい！」と考えている。なぜなら、誰もが本心では、いつでも愛をもって生きることを求めているからだ。

成功はあなたのことを待っている。私はそう心から信じている。他の誰とも違う、あなただけの完璧な成功だ。

そして、それが手に入ったら、あなたは直感でわかる。この成功は、意志の力を発揮すれば手に入るものではない。世界平和も、好景気も、他人も関係ない。あなたの肉体さえ関係ない。そして、あなたが今いる場所が、始めるのに完璧な場所だ。

自分にとっての究極の成功を手に入れるには、内面も、外側も、物理的に変わる必要はない。今のあなたには、原則があり、プロセスがある。必要なツールはすべて揃っている。

ここで、偉大なる原則のパラドックスも指摘しておきたい。自分にとって最高の外側の結果を手に入れるには、**外側の結果への期待を捨てることがベストの道であり、そしてもしかしたら唯一の道でもあるかもしれない。**

次の言葉を覚えておこう。

長い目で見れば
愛は決して失敗せず
恐怖は決して成功しない。
あなたはどちらを選ぶだろうか？

まとめ　「偉大なる原則の成功の地図」の10ステップ

①　究極の成功目標を決める。愛、喜び、平安など、あなたがもっとも求めている内面の状態だ

②　ぜひ実現したい成功欲求を一つ決める。真実と愛から生まれていること、ステップ1で決めた究極の成功目標と調和しているという条件を満たしていること

③　成功欲求が実現したところを思い描く

④　成功欲求を想像したときに浮かんできたネガティブな思考、感情、思い込みをリストにする。そしてそれぞれに0点から10点の範囲で点数をつける

⑤　三つのツール（エネルギー療法のツール、プログラムを組み直すステートメントのツール、ハート・スクリーンのツール）を使って、ステップ4で見つけたネガティブな要素を再プログラミングする。ネガティブな要素が気にならなくなるまで（または、

点数が1点未満になるまで）続ける

⑥すべてのネガティブな要素が消えたら、同じツールを使って、今度はステップ3で思い描いた成功を実現するためにプログラムを組む。「私はできる！」と本気で信じられるようになるまで（または、ポジティブな要素の点数が7点以上になるまで）続ける

⑦40日間のプログラムを開始する。目標は、すべての項目で同じレベルの点数になることだ（ネガティブな項目は1点未満、ポジティブな項目は7点以上）。40日たつと、たいていの人は問題の再プログラミングが完了し、ツールを使わなくても、ネガティブが1点未満、ポジティブが7点以上を維持できるようになっている。ネガティブな思い込みがまだ気になっているというのなら、または欲求の実現に向けて歩き出す準備がまだできていないと感じるなら、また最初から40日間のプログラムを始める

⑧ 偉大なる原則を使って、具体的な成功目標を決める。愛と真実から生まれていること、100パーセント自分でコントロールできること、再プログラミングが終わっていれば今すぐにでも実現できること、という条件を満たす必要がある

⑨ 自分にとってもっとも効率のいい方法を見つけ、その方法で成功目標の達成を目指す

⑩ 具体的な成功目標を達成しながら、新しい欲求の方向に向かって歩き続ける。そのとき、愛と真実を行動の基準にして、今この瞬間（または、今から30分間）に意識を集中する

おわりに　心から愛する

私はこの本の冒頭で、ある約束をした。「偉大なる原則の成功の地図」が、人生のあらゆる場面で成功するためのカギになると言ったのだ。これがあなたにとって効果があるかどうかの問題ではない。効果があることはもう決まっている。問題は、あなたが実行するかどうかということだ。もし実行すれば、必ずうまくいく。今のあなたは、すべてのツールを手に入れた。やり方もわかっている。意志の力を超えた人生を生きることができる。想像もしていなかったような幸せと成功を実現できる。

「偉大なる原則」は、現在の一般的な方法に欠けているものを提供してくれる。それは、失敗の原因になっているプログラムを解体し、成功するためのプログラムを新しく作ることだ。そしてあとは、今この瞬間に最高のパフォーマンスを発揮することだけに意識を集中する。

正直に言えば、今までのように一度に一人のクライアントの手助けをするという方法をずっと続けることもできた。私のカウンセリングを受けたいという人はたくさんいて、順番待ちの状態になっている。一人でも多くの人を助けるために、後進の指導も行ってきた。彼らは現在、世界の各地で私の方法を使ってカウンセリングを行っている。

今の時点で私の方法を実践している人は、全米50州のすべてと、世界158か国に存在する。これは世界最大の規模だ。とはいえ、この方法でいったい何人の人を救うことができるだろうか。答えが何人であろうと、その数は少なすぎる。

世界中の何百万人もの人々、いや何千万人もの人々に、愛の中で生きてもらいたい。愛はすべてを解決するカギだ。紛争も、人種問題も、宗教問題も、経済問題も、環境問題も、すべて愛があれば解決できる。太古の昔から、愛はすべてを解決してきた。私がこの本を書いたのは、「偉大なる原則」をすべての人に届けるためだ。

これは私の使命だ。「偉大なる原則」をみなさんに伝え、意志の力と期待を超えた人生を実現してもらいたいと思っている。しかし、それだけではない。私の使命は、宗教とは関係のない、本当に幸せになれる**実用的なスピリチュアル**の原則に従って生きることだ。そしてみなさんにも同じ生き方をしてもらうことだ。

恐怖の中で生きている人、過去と未来ばかり見ている人を救い、**愛の中で生き、現在だけに集中できるように手助けをしたい**。どんな問題でも、どんな危機でも（それはあなたの腫瘍かもしれないし、人間関係かもしれないし、テロ攻撃かもしれないし、経済危機かもしれない）、根源はみな同じだ。誰かが二つの基準を無視して決断を下したために、あらゆる問題が起きている。

これが私の信じる二つの基準だ。

①　これは私の究極の成功目標と調和しているか？　もっとも欲しいと思っている内面の状態だろうか？

②　これを実行して、今から30分間、愛の中で生きることはできるだろうか？

この二つの基準が、宗教と関係のない、実用的なスピリチュアルの基本的な教えだ。私はすべての決断と、すべての行動で、この二つの基準に従っている。

私はこのミッションを、「心から愛する（Love Truly）」と呼んでいる。「真実の愛（True Love）」ではない。「真実の愛」という名詞では、どこか「偶然手に入れるもの」というイメージがある。道に落ちている小銭を拾うようなものだ。だからこそ「心から愛する」という動詞で表現したい。積極的に自分から行動するイメージだ。

心から愛するのは、感情であり、信念であり、経験だ。言葉を超えたハートの約束だ。具体的な行動でも、スピリチュアル・ハートのテクノロジーを使った行動でも、いつも周りの人のためを思って行動すると決意することだ。第3章に登場した「プラシーボ」と「ノーシーボ」と「デファクト」の定義を思い出せば、この愛は「デファクトの愛」とも呼べるかもしれない。

心から愛するという行為は、三つのツールを使ったり、生まれ変わる啓示を経験したり、神（または愛）とつながったりした人なら、いつでも意識的に選べるものだ。本当に心から愛していたら、まず内面が変わり、そして次に外側が変わる。それから家が変わり、友人が変わり、仕事が変わり、経済状態が変わる。

再プログラミングが完了し、今この瞬間に意識的に愛すること（動詞としての愛）を選べば、名詞としての愛があらゆる方向からあなたのところにやって来るだろう。この現象は、逆には起こらない。愛がやって来るのを待つだけでは、いつまで待っても絶対にやって来ないのだ。

そこで、私からお願いがある。この本で紹介した方法を、あなたの人生で試してもらいたい。前にも言ったように、この方法で効果が出ないことはまずありえない。外側の状況はまったく変えなくてかまわない。

もちろん、まったく失敗がないわけではない。あなたもおそらくどこかでつまずくだろう。それは普通のことだ。愛の中で生きるとは、失敗する自分を許すことだ。そして、すぐに立ち上がり、また前に進むことだ。

ここで、第1章の終わりを読み直してみよう。私はそこで、まず「生まれ変わる啓示」を求めることから始めると言った。成功の地図のプログラムを始める前に、祈りと冥想の中でそのコンセプトを見つめ、すべてを悟る生まれ変わる啓示を経験してもらいたい。

私の経験から言えば、祈りと瞑想を継続的に行っていれば、いずれその瞬間は訪れる。

三つのツールのエクササイズをしているときに、祈りと冥想を取り入れてもいい。くり返すが、ここでも意志の力は必要ない。ただ、愛が仕事をするのに任せておけばいいだけだ。そしてもちろん、「偉大なる原則の成功の地図」というマニュアルも存在する。

私からあなたへ、永遠に愛を送り続けます！

◉著者紹介

アレクサンダー・ロイド Alexander Loyd

心理学博士、自然療法学博士。世界で最大規模のクライアントを持ち、その治療法は全米50州、全世界158か国で実施されている。最初は資金もほとんどなく、オフィスは自宅の小さな地下室で、宣伝もまったく行わなかった。著者の考えでは、心身の病気や症状を完全に治すには、根本となるスピリチュアルの問題を癒やさなければならない。そしてそのためのプログラムを開発し、1988年から治療を開始した。ABC、NBC、CBS、FOX、PBSの番組に、心身の問題や人間関係の問題を癒やす専門家として生出演している。著書の『奇跡を呼ぶヒーリングコード』（SBクリエイティブ）は世界的なベストセラーになり、現在のところ25以上の言語に翻訳されている。

◉訳者略歴

桜田直美（さくらだ なおみ）

翻訳家。早稲田大学第一文学部卒。訳書は『似合う服がわかれば人生が変わる』（ディスカヴァー21）、『自信がない人は一流になれる』（PHP研究所）、『10% HAPPIER』（大和書房）、『こうして、思考は現実になる』『こうして、思考は現実になる 2』（ともにサンマーク出版）、『アンネ、わたしたちは老人になるまで生き延びられた。』（清流出版）など多数。

「潜在意識」を変えれば、すべてうまくいく

2016年4月5日　初版第1刷発行
2018年3月10日　初版第2刷発行

著　者　アレクサンダー・ロイド博士
訳　者　桜田直美
発行者　小川 淳
発行所　ＳＢクリエイティブ株式会社
〒106-0032　東京都港区六本木2-4-5
電話　03-5549-1201（営業部）
装　丁　井上新八
本文デザイン　ムーブ
本文イラスト　のなかあき子
組　版　株式会社キャップス
校　正　聚珍社
印刷・製本　中央精版印刷株式会社
編集担当　多根由希絵

落丁本、乱丁本は小社営業部にてお取り替えいたします。
定価はカバーに記載されております。
本書の内容に関するご質問等は、小社学芸書籍編集部まで
必ず書面にてご連絡いただきますようお願いいたします。
Printed in Japan
ISBN 978-4-7973-8423-9